U0088250

「老師，
你為什麼選擇當魔王……」
——「勇者魔法師．薩提絲」——

勇者魔法師

二十一

哭哭喵

薩提絲

年齡 十二歲

本書的主角。為了追逐她的恩師—智恭，而踏上中天大陸冒險著。最喜歡強劫那些自稱魔王壞蛋。

智恭

年齡 三十二歲

魔王的原名叫「羅俚空智恭」，作為魔法師，曾經是中天大陸第一強者，體力與智力都上乘之人。魔化後，也是最難對付得人，但是好像有其目的在。無法捉摸的人。

人物介紹 Characters

白魔導—法恩

年齡 二十五歲

雖然是白魔法師，卻滿腦子邪惡事物。常常有很中肯的意見，但是行為總是讓人感冒。

劍士—普拉

年齡 二十歲

喜歡女僕的劍士，武力一流，但是腦子怪怪的，個性直率而熱血。

騎士—阿庫

年齡 十八歲

容易低血壓的聖騎士，但是很喜歡耍帥。

1 教師與學生

中天曆一九八五年，勇者終於打倒了魔王，告老還鄉去，但是魔王卻是慢慢增加了。理由很簡單，當勇者要背負大家的期待、要守道德、要幫助他人、要正義、要勇敢、要有名堂。而魔王不必，魔王只要有權有勢有軍隊，做啥都可以，只要你開心。我說，當勇者會不會太累啊！

從小，父母就希望我當一個普通的女孩子，日後做一個簡單的農婦。但是我總是希望能去看看這個世界。女孩就不能當勇者？就不能當魔法師？勇者都不能是魔法師？見鬼去吧！

村子裡的農田，正搖曳著金黃的稻穗，象徵著豐收；山邊的獵人，也不斷傳來好消息。翠綠的山環繞著稻田，不遠處還有一個小漁港，今年是和諧而豐收的一年。

那一年，我八歲，是我們村子裡決定未來志向的歲數了。父母不斷的「暗示」我，種田養牛，像他們一樣當個平凡的農家女不錯；而我也不斷的表明，我不想這樣平凡的過一生，一輩子就只知道怎麼養牛怎麼種田。這個小村莊外的事物我從沒看過，說不定連村莊有保佑豐收的狼神都不知道呢！我可不想一直待在魯凱島上到老死都沒出去過。

母親一邊準備著晚飯，一邊對研讀著《第一次魔法就上手》的我說：「小絲啊！妳不覺得好好當個農家女孩不錯嗎？可以每天平淡的生活。島上沒有魔王作亂，妳又何必捲入世界的紛爭裡呢？不然妳那麼愛讀書，去教教書也不錯啊！」

是啊！教書。直接搶了村子裡唯一那位老教師的飯碗，後面還一堆助教虎視眈眈，叫他們上吊不成？

不跟母親爭辯，我帶著某個旅人忘記帶走的《第一次魔法就上手》，默默的走向村外的小丘陵，看著夕陽把村莊變成金黃色又慢慢的轉變成黑色。母親不懂，魔王們不是不會侵略村莊，而是還沒侵略。他們不用理由，不用藉口，只要出兵就行。我想終止這一切，想守護這一切。

我突然注意到村莊最邊緣的港口，定期的連外客船下來了一個穿著黑法袍的人，跟書上描寫的魔法師一模一樣，是黑魔法系的。

書上寫著，白袍是光魔法系，紅袍是龍魔法系，黑袍是黑魔法系。但是聽說紅袍已經失傳，如今最強大的是黑魔法系。壓抑著高興的心情，我很想衝過去請教他，但是有些黑魔法系的魔法師和魔王有關，必須好好的觀察。港邊的同伴們正開心的圍著新客人，村子很少來外人，所以每次來旅人，大家都很開心的招待，並且問問現在外面的事情。好吧！至少這位新客人跟其他人玩得很開心，也沒一下子轟了村莊，好像可以過去看看了。

一邊把圍在身邊的波悠波悠們放下，一邊準備漫步走到港口，忽然間，那個旅人往我的方向看過來。希望是錯覺，但是他的的確確往這邊望著。

我決定遠遠看著就好，當然如果他能多教我一點魔法，或是又遺忘了什麼魔法書之類的，那就更好了。但是他好像很喜歡這裡，每天不是下田，就是教導大家一些簡單的治癒魔法，當然我也在一旁偷偷學一些，或者跟著獵人去山上，但是他並不打獵，只是好像很有興趣的看著那些魔法生物或野獸們，並且畫圖紀錄下來。

他好像跟一般印象中的黑魔法師不太一樣，難道他的黑魔法袍是假的？還是其實他只是剛好撿到那身袍子的流浪漢？

正當我如往常一樣在小丘陵上找尋他的蹤影時，他突然抱著總是黏著我的其中一隻波悠波悠，出現在我身後。

「妳在找誰啊？小妹妹。」

他一邊揉著波悠波悠毛茸茸又圓圓的身體，一邊看著我。

「啊哈哈！沒有啊！」

我尷尬的笑著，並且開始為逃走做準備。

「我覺得妳好像有點誤會黑魔法師喔！雖然我是黑魔法師，但那是因為我們這一族，從古時候就開始傳承研究黑魔法，這只是算祖傳事業罷了。」

他悠哉的坐了下來。

「黑魔法師不一定都是魔王的手下啦！我只是個到處旅行的學者，因為這裡跟中天大陸不同，很友善，生物們也都很和善，忍不住逗留下來而已。」

說完他放下手上的波悠波悠。

「那你會在這邊多久？我想跟你學東西。」

我鼓起勇氣跟他表明我的想法。

「喔！看妳想學什麼啊！黑魔法？」

他笑笑的看著我手上早已翻爛的那本《第一次魔法就上手》。

「都想學。我想培養實力，我想去中天大陸闖蕩，成爲獨當一面的魔法師，不想留在這邊當普普通通的農家女。」

我一股腦的把我的想法都講出來了，講完才發現還抓著他的手，趕緊放掉。

「志向挺遠大的。妳父母不會反對嗎？」

他直接的指出了重點。

「這也是想請你幫忙的地方。」

「我會跟他們說說看的。此外明天早上在這裡開始上課，可以嗎？」

他笑笑的看著我，一邊往我家的方向走去。

這時我才仔細看了他的臉，稍微方方正正且斯文的臉，配合上不搭調的略爲壯碩的身材，拿著一個舊舊的魔法杖，但是那個魔法杖感覺不輕；穿著黑色而厚重的黑魔法袍，裡頭反而是很普通的旅裝。

深秋了，落葉慢慢的飄下，我看著遠方慢慢變黃的山景，以及帶著可掬笑容的老師漫步的走了過來。

「妳父母同意了喔！」

他笑著邊摸我的頭邊說。

「你怎麼辦到的？」

我相當驚訝。長期以來跟父母從爭辯到懶得爭辯，他居然一下午就解決了，他是威脅利誘還是催眠？

「這是祕密。對了，我還沒自我介紹，羅俚空智恭，叫我智恭就可以，以後就請多指教囉！我訓練徒弟可是非常嚴格的哦！」

他伸出了他的手。

「我叫薩提絲，還有，你名字好怪。」

我也輕輕握了一下他的手。

「我也知道很怪啊！或許我該改名了。」

他聽完我說的話，苦笑了一下。

老師的教學總是很淺顯易懂，都是先提出一個問題，再來慢慢討論延伸；以及一些魔法的訓練；或是扎實的戰鬥訓練，雖然一天下來總是腰痠背痛，但是卻很快樂。

我曾經問過老師：「爲什麼魔法師還要學近身戰鬥呢？」

老師笑著回答我：「魔法師一般來說，都被人覺得是輔助型的角色。但是我的族人不同，我們每一個都是獨立的戰士，都能直接上場戰鬥。」

老師停頓了一下。

「就像這把魔杖刀，是我的老師，在我出師的時候親手幫我打造的。」

老師抽出他那魔杖裡的刀，令人相當的嚮往，它是那麼的鋒利而富有魔力。

「等妳能夠幾乎不用詠唱就能使用魔法時，妳就畢業了。到時候，我會打造一把最特別的魔杖刀給妳。」

多麼令人嚮往啊！一把專屬的魔杖刀耶！一般女孩子會期待拿到這種禮物嗎？不管了，性別這種東西真是麻煩。

除了空手戰鬥，也學習了不少劍術，還學了不少防身用的法術，老師也慢慢讓我開始學著對付一些有點兇性的魔法生物，像是牙狼什麼的。

慢慢的，我十歲了。

山邊的獵人來拜託老師趕走闖入村子邊的愛偷雞的牙狼群，老師覺得是實習的好機會，打算讓我來對付。

「小絲，一個人對付十隻。可以嗎？」

老師看著我站在牙狼群中拿著訓練用的魔杖刀。

「沒問題，小意思。這次一定要牠們乖乖回深山去。」

看著這群牙狼，我決定先用爆裂術解決一半。

「光之精靈聽我召喚！爆裂術！」

我將法術朝著面前五隻牙狼放去，因為沒把魔力放很強，所以只是打疼牠們而已。五隻牙狼，受了驚便跑走了，而其他五隻卻往我的方向撲過來。我將魔杖的杖頭從下往上朝面前撲來的牙狼，打了上去；接著，用杖身給了側面撲來的牙狼一棍，順便躲過了其他三隻的攻擊；一邊躲著牠們攻擊，一邊一隻一隻的解決，不一會，十隻牙狼都離開了村莊邊緣回了山裡。

「表現得不錯。」

老師邊拍手邊稱讚著。

「謝謝。」

拍了拍身上的灰，一面慢慢跟老師走向山上；不知道是不是運動的關係，我的身高已經比同年齡的孩子們都高上許多了。

「老師，你以前遊歷過那麼多國家。我一直有個疑問，魔王的統治一向都是高壓壓榨，但是資源就只有那些，那麼不會坐吃山空嗎？」

我們一向都是這樣一問一答或是老師講點什麼以前的故事。

「這是個好問題。其實就我那時候所看到的，有一半是轉型成領主統治，畢竟不合理的法令，只會讓國力耗弱，所以很多魔王說是說魔王，最後都變成領主。有些靠著貿易和特產坐大，而兵力強盛的國家，就沒這問題了，靠著戰爭和收取藩屬國的納貢而維持著。」

「這樣說來，如今正統的魔王其實已經很少了喔！」

「沒錯。大部分都只是掛著魔王頭銜，畢竟方便啊！可以沒有一些道德壓力的存在。人民安居樂業的依舊是少數，魔王過著優渥的生活，其實只要他們國力能支撐，他們不會管底下的人有多痛苦。」

「沒辦法改變些什麼嗎？」
「除非有個能力強大的勇者，去改變現狀，但是，更多時候是人心的問題。如果人們依舊隱忍，那麼還是會有魔王出現。又或者是有個更加強大的人，統治了所有國家，徹底改變。」
老師對著遠方無奈的笑了笑。
要回家的路上，港邊的漁夫大哥突然急急忙忙的衝了過來對著我們說：「魔法師大人，港邊突然出現怪物啊！要攻擊我爸的漁船，快點救救他。」
我和老師聽到，趕忙衝了過去，遠遠的就看到一隻大章魚怪正在攻擊漁船，老師立刻用浮空術飛了過去。
「空裂斬！」
才一瞬間，纏住漁船的觸手立刻被斬斷，章魚更加生氣的準備攻擊老師。
「比黑夜更深的怨恨，比太陽更火紅的憤怒。我以遠古的魔神阿拉絲特之名，予以神罰。滅空破！」
老師快速的詠唱了一個我從未聽過的法術，魔法球像是吞噬了一切，那隻章魚和附近的海水都在瞬間消失了。原來這才是老師的實力，他平時那樣總是笑笑的面容，根本看不出來，老師是如此強大的人。

我也默默的記下來老師所詠唱的咒語，以前從未聽過這個法術的名字。

「這章魚還真大隻，那時候應該放火焰術燒來吃的。」

老師邊說邊抓頭，像是在路邊解決了什麼小動物一樣。

「那麼大隻，我想肉很老吧！糖醋或是燒烤都沒門。」

我幹嘛還認真的跟老師討論這個。

「不錯哦！有新娘的感覺哦！」

老師笑咪咪的對我說。

「討……討厭。老師你在亂說什麼？」

我對著老師的背大力的拍了下去。

「老師你趴在地上幹什麼？」

一回神，老師已經躺在地上了。

「沒事，你最近臂力好像越來越好了。」

老師一邊說一邊拍拍身上的灰塵。

「那個……，魔法師大人，請把這封信收下。」

村子裡最漂亮的女孩，崔耶拉正羞怯的拿著一看就知道是情書的東西，羞怯而期盼的站在老師的面前，而她正好跟老師彎下腰一樣高，兩人面對面的畫面跟畫一樣的美。我心裡一股不開心的怒氣不知道從哪竄出。

眾人停滯了有三分鐘，老師才開口。

「對不起……妳年紀有點大……」

老師尷尬的摳了摳臉。

「你對一個只有十七歲的少女說，年紀有點大！」

崔耶拉發揮了農家女的怪力特色，把老師摔了出去。

而村子裡所有男人看著老師的表情，好像有點憐憫又有點藐視，像是看著什麼可憐的人一樣。我笑了笑走過去對老師伸出手來。

「真是的，你的藉口也爛過頭了。」

「當時腦海裡只有這個理由啊！不過十七歲真的不覺得已經太大了嗎？」

老師苦笑著抓著我的手爬了起來。

「老師，你的守備範圍有點……，幼。」

相信我臉上的表情傻掉了。

「會嗎？我不喜歡大人，孩子比較好哄。」

「你是挑女兒還挑老婆啊？」

我直接給了老師一記吐槽手刀。

2 老師的離去與轉變

只是，不知道爲什麼，最近魔物們暴動的情況越來越嚴重，從前聽說十幾年才遇上一次的。而來村子裡的旅人也越來越多，難道是這邊和平富裕的情況已經傳了出去嗎？在我的腦中浮現各種可能性，這悠閒的和平究竟還能維持多久呢？

我和老師已經成爲村子裡專門解決困難的萬事通了，而接到的情況也大大小小各不相同；舉凡孩子溺水、魔物侵擾、田裡除蟲，或是一些日蝕之類的疑難解惑，大家都信賴著我們。

就連村子裡的老師，都常常跟老師討論一些比較艱深的問題，而我也樂於在旁邊看書。

我真心希望這樣的日子不要停止。但魯凱島能永遠做個世外桃源嗎？我和老師一邊對抗日漸頻繁的魔物一邊如此祈禱著。

如此的日子又過了一年，我也學了更多中階魔法，老師也讓我開始單獨處理一些事件。自從讓老師訓練以來，我每天幾乎都會抽空訓練體能和法術，剛開始還曾經因爲力道控制不良把一座山頭轟掉。

「小絲，今天有兩個委託。一個是山邊有隻熊，常常來偷魚乾，是羅倫斯先生的委託。一個是郝蘿小姐的委託說有隻巨狼常常來偷羊吃，妳要解決哪一件？」

老師拿著委託人的資料跟正在練劍的我說。

「去找熊練拳頭吧！」

我放下手上的劍，對老師說。

「這可不像一個十一歲少女該說的話啊！」老師苦笑著。

「十歲打倒熊的稱號可不是假的呢！」我自信滿滿的回應。

「下手別太重啊！請確保熊體安康。」老師邊看我走開邊吩咐。

到了山邊，那隻熊還在屋簷底下想要再抓魚乾來吃。

「你也太懶惰了，不會自己抓魚吃喔！」

我大大方方的對著那隻熊說。那隻熊一副被發現了沒辦法的樣子，向我衝過來。在快咬到我的時候，牠吃了一個向下的肘擊。

「啊！有沒有死啊？還有呼吸。」

我一邊做確認一邊檢查著。

「好了，也該送牠回家了。」我一把將熊撐了起來。

「那個……謝謝妳喔！不然我都不知道怎麼辦。」

房子裡走出一個看起來黑黑壯壯的男人。

「不會啦！順手而已。」

我笑笑的跟他說。

「不會有人把跟熊打架叫順手吧！而且妳不是魔法師嗎？」

沒辦法回答，我的確是魔法師……

我有那麼恐怖嗎？我一邊思索著一邊把熊丟到山裡面去。

我抱著波悠波悠，準備走到老師那邊。遠遠聽到一聲長嘯，不知道老師又做了什麼啊！

到了郝蘿小姐那之後，只看到一隻巨狼遠去的背影。

「老師你又做了什麼？那聲長嚎挺嚇人的。」

「巨狼是有智慧的種族，用講的就可以了，牠只是迷路餓壞了。」

老師看著巨狼遠去的背影。

「那聲長嚎是？」

「牠迷路覺得丟臉的哀號。」

「原來如此。」

今天是每個月一次外面的船過來的日子，也是信件送達的日子。每次到了這個時候，老師總會靦腆又期待的跑去信件區等他的信，不知道是誰寄給他的，只知道他很期待而已。

但是這次，好像不是那麼一回事，讀著信的老師呆立了好久好久。

當他回過神來，只給我一個非常非常悲傷的苦笑。

「小絲，接下來要開始教妳一些比較難的東西了。」

「嗯！會教哪些呢？」

「一些高等的甚至禁忌的魔法咒語和一些社會深層的事情，妳也差不多該開始畢業課程了。」

「這麼快嗎？」

「妳的志向不是說想要去看看外面的世界嗎？怎嫌快呢？」

「是沒錯啦！」

接下來的日子，老師把他所知道的所有咒文教給我，包括一些很多人公認禁用的咒語，像是暗靈咒、毀滅文、即死律；也不斷強調，如果沒有使用好，被反制後下場將會很慘。還教我魔法原理以及魔法歷史、魔物學、政治、經濟等等。

老師好像想在短時間之內把他所有懂的東西全部教給我，也不斷的笑著跟我說，就算以後他變成了魔王，要我一定要打倒他，這是他跟我一輩子的約定。如果他做錯了，一定要來打醒他，證明他做錯了，就像以往上課那樣的辯論。

大型的毀滅咒文我都在海邊實習，像是上次的滅空破、風裂彈、火球術、燃原等等的。老師總是說我的魔力是世上數一數二的，有時候放開手該全力以赴時，爲了生命，不必留情。

我不瞭解，用魔法把一個地方或一個城市炸了，那麼可怕的事情，怎麼能做呢？

終於在隔年春光大好的四月，一個沒有連外船隻的早上，老師消失了。昔日上課的小丘陵上，放著一件內裏繡著精美防禦魔法文的黑袍，以及一把魔法刻印過，只有我能用的魔杖刀。

一把最好最好且只屬於我的武器。

畢業了。成爲第一個在十二歲就畢業的魔法師，我卻一點也高興不起來。

頂著老師所承認弟子的名號畢業了，我也開始接任他的事務。

北方慢慢傳來一個傳說，有個魔法師，像發狂般的席捲了中天大陸，才沒多久，已經成爲最強的魔王了。那應該是老師吧！我後悔當初沒有去探究，究竟什麼事情讓老師悲傷到如此發狂。

沒事的時候，我總是會爬上小丘陵，發呆想著以前的事情，以及老師離去的理由；從村子望去，好像還能看見老師當初剛下船的身影。

我開始著手準備離開，也開始教導一些比較有才能的人基礎的魔法或是一般人的武力訓練，還將對抗各種魔物的方法抄寫給學校的助教們。

離開前，我要讓村民們能夠對抗外來的侵擾和魔物的襲擊才行。

「薩提絲大人，準備這些武器夠嗎？這是鐵匠連續三天趕工做出來的。」

村子裡的青年把我說的所有武器都準備好了。

「謝謝你們，這些差不多了。另外我那天說要來找我的大哥大姐們呢？」

問著他們，打算讓他們來跟我學習魔法，多少學一點都有益處。

「我們正找他們過來呢！」

其中一個青年跟我說道。

「還有，你們對我的稱呼不用加上『大人』啦！我還只是個孩子。」

「不，妳的智慧和能力，我們都該予以尊敬。」

「嗯……好吧！那請那些人來找我，可以嗎？」

「是的。」

「另外，請你們去找獵人先生，他會教你們這些武器的基本教練。」

從會魔法的人中，我挑選了一些比較有資質的人，教了他們一些基本的治癒和防禦魔法。

另外我也找了一些時間，對村子裡的青壯年做一些基本的武術訓練。如此一來，我想多少也會有用吧！

我馬不停蹄的忙碌著，希望自己不要想太多，把精神和目標都放在幫忙村裡以及未來的旅行上。不願自己想起以前，希望自己能把一切都忘記，最好連那些過去都遺忘。

原本從未想過，老師的過去。直到有一天，有個冒險家來了我們的小島，他看到我的魔杖刀，啞口驚愕得像是受到了什麼驚嚇一樣，對著離去的連外船隻大叫他要回去。

我上前問他爲何看到我的魔杖刀要如此驚恐。

「妳跟『移動毀滅』是什麼關係？」

他邊發抖邊跟我說，那樣子跟看到什麼絕世魔物一樣。

「『移動毀滅』？我第一次聽說這個名稱。」

「『移動毀滅』，黑魔法師智恭。」

「智恭是我的老師，但已經失去聯絡。爲什麼他會被叫做『移動毀滅』？」

那麼溫柔的老師，怎麼可能有這個稱號。

「妳真的都不知道嗎?我跟妳說，千萬別殺了我。他會被叫做『移動毀滅』是因爲他強大的魔法。曾經在魔王侵擾並且傷害他的種族之後，連續的毀滅好幾座城市，直到他找到那個魔王爲止。他的手段殘酷，在他手中，沒人能活下來。」

他所說的真的是我認識的老師嗎?

「你確定你沒認錯?」

我想再確定一遍。

「我確定，那時我剛要離開一座城市，那毛骨悚然的樣子和只有他會拿的魔杖刀，絕對不會錯的。聽說他復仇完就消失了，大家都不知道他去哪。」

他的樣子並不像說謊。

在放冒險家往村莊逃去之後，我回到小丘陵上，發著呆。

老師真的會像他說的那樣嗎?記憶中的老師，連小動物都不曾殺過一隻。那麼和平而溫柔的老師，到底是爲什麼呢?

老師在以前常常吩咐我說，他走偏了一定要把他打醒，打敗他來證明自己錯了，難道老師早就想要這麼做了嗎?那麼他又爲什麼要那麼溫柔的對我，那麼溫柔的教導我呢?我一點也不懂，但現在卻沒人可以幫我解答了。

「妳爲什麼要那麼勉強自己呢？妳只是個十二歲的孩子啊！」

一向沈默寡言的爸爸坐到了我身邊。

「沒有……勉強……自己……」

我一邊說自己卻一邊哽咽了起來。

「傻孩子，傷心的時候，不要勉強自己啊！人都會傷心、會失落，記得，要爬起來而已。如果想去找答案，爸爸和媽媽會在老家等妳回來的。對了，妳知道妳的老師怎麼讓我們同意的嗎？」

爸爸拍著我的頭說。

「怎麼同意的？」我問著爸爸。

「他很誠懇的跟我們解釋，支持孩子理想的重要性；也再三的跟我們保證，他會把你教到天下無敵、舉世無雙，舉世無雙哦！」

爸爸說完舉世無雙好像很自豪的笑了起來。

「他也不斷的跟我們說妳的資質有多好，不培養真的很浪費。他的時間也不多了，族人慢慢的在減少，他說他在離去之前，想在世界上留下些什麼。」

老爸又慢慢的繼續說了起來。

「原來是這樣啊！」

「如果，妳想出去看看世界，去探尋爲什麼那小子會變成這樣，就去吧！老爸以前也常常幻想著要去外面冒險呢！我會跟妳媽講的。」

爸爸說完就走了。

我依舊教導著村民最後的一些事情，但可能是受到遠方魔力的影響，以往和善的魔物們，越來越狂暴了。

爲了村民們好，我能做的最後一件事情，只有這個了。

帶著魔杖刀，披上黑法袍，進到了深山裡，我決定親手送那些失控的孩子們一程。島上的魔物會失控，一定有個強大的魔物甦醒了。

3 突見魔化

是的，那些孩子們已經失控，不再是以往會圍在身邊撒嬌或是頑皮的偷偷蛋的孩子，他們已經變成狂暴的魔物了，早已失去理智。

魔熊、刀狼、波悠波悠等等的魔物，都慢慢的靠近了過來，我抽出魔杖刀來。

首先撲過來的是魔熊們，三隻魔熊首先撲了過來，一瞬間三隻魔熊都已經被我斬殺。原本我以爲已經有了覺悟，這雙手和袍子將會染血，將會變得血腥，但是實際看著生命在我手上消逝時，還是忍不住的發抖，腦中不斷浮現牠們頑皮的可愛模樣。刀上的血慢慢的滑落，我看著失去理智的波悠波悠和牙狼正在伺機要衝過來。

其實可以很輕鬆的把這裡全都化爲灰燼，但是我做不到，我要親手送這些孩子上路；我一邊砍殺著，眼淚一邊滑落。那些曾經是常常跟我鬧著玩的朋友們，我的手不斷的發抖，不斷的……

「火矢！」稍微揮動了魔杖，將撲過來的一群波悠波悠和牙狼燒成了灰燼，我慢慢走向更深處。

另一群森林深處的生物，那是完全野生的魔物，有些就連老師的圖鑑都沒寫出來；但是相對的，牠們也不曾侵擾村莊，並沒有必要砍殺牠們。牠們不像外圍的動物們跟村民那麼親近，我緩緩的放出防禦陣，如此一來牠們也無法靠近我。我想先找到源頭，才能避免再度無謂的殺戮。

村民們從未進入過島的中心，聽說以前島上曾經有隻強大的龍，沉睡了好久好久。因爲睡了太久，來不及跟著同伴們回去聖龍大陸，牠醒來之時，總會因爲想起遠方的同伴而憤怒焦躁不已，我並沒有自信能打敗或是說服牠。

在一路上，不斷的斬殺所有攻擊過來的魔物，我不知道老師是抱著什麼心情面對死去的生命。老師曾經問過我一個問題，如果遇到了一個強盜，而我當下不殺了他，日後他將會殺了十個人，這樣的話我會不會殺了這個強盜。而如果放他活下去，死去的生命，我是否也染上了一份血……

慢慢的，夜深了。我砍了一些木柴升起營火，並且畫上了防護型的白魔法陣，準備過夜。夜裡我一直想著老師說的問題，殺了壞人才是保護好人嗎？那壞人的家庭呢？如果被殺者的家人心生怨恨又殺了一百個人呢？那麼要算誰的呢？

一點也不懂，於是我想出發到處尋找答案。到底怎麼做才是正確的？必要時，我依舊會把龍殺了，當然那個前提是，我沒被幹掉。

到底爲什麼，這樣的小島上，會有以往偉大的魔法古生物，我一點也不懂。而且還睡到現在剛好醒來，有沒有那麼剛好啊？才想著遠方出現了一陣淒厲又悲傷的哀號，哀號聲遠遠的傳了出去，瘋狂得讓人感到寂寞。

旁邊的牙狼也不斷的嚎叫著。

但是照理說，如果一條龍當真要發狂，這小島不可能安然無恙，說不定能好好談談呢？但是當真打起來，我只得且走且看了，我的腦中沒有半點可以跟龍對抗的資料啊！

越往前方去就越冷，而魔物反而越來越少。遠遠的，我看見一條巨大的龍，望著天空，並且帶著哀傷的眼神。

全身藍色而巨大的龍，當真一條就有一座小村莊那樣的大小，牠不滿的看了我一眼，那個壓迫感不可一般而語。

突然間牠噴出了一個吹息，我緊張而狼狽的逃了開來。我剛剛站立的位置，大約有十公尺見方都成了冰塊，而牠只是稍微的「嘆口氣」。

「可惡，這樣打招呼，那我也不能鬆懈。」

我趕緊抽出魔杖刀。

「請眾神聽我的咆嘯，請各魔聽我的詛咒，請地獄之火，重現人間。燃原！」

我將魔法朝著藍龍丟了過去，但是卻好像幫牠抓癢一樣；牠用藐視的眼神看了看我，然後用尾巴隨意的掃了過來。我避開了牠的尾巴，卻被強勁的風摔到山壁上，痛到我的眼淚都快滴下來，這樣我該怎麼打？

沒想到爬起來之後，牠的尾巴又打了過來，光是逃命我就用盡了全力，尾巴追來的速度還故意停留了一下，導致我像蒼蠅般，勉強逃生。令人越來越火大，我往牠的身旁衝了過去，用魔杖刀想試試看龍甲有多硬。我只能說那真是該死的硬，若非老師的刀有上特殊咒文保護，魔杖刀現在可能已經斷成兩截了。

看見了，牠還有粉嫩的小肚肚。

我一邊逃命，一邊唸咒。

「焰彈！」魔法打在牠不小心露出的小肚肚上面……

好吧！我錯了。龍因爲痛而開始扭身，而且用尾巴瘋狂的開始攻擊我。這真像小蟲一般被追打，我此生跑步最快記錄在此刻刷新。

我被尾巴扎扎實實的打到山壁上，躲在旁邊痛了好久才有辦法起身。

尾巴又掃了過來，我再度開始逃命，突然間想起我能夠飛，回神的我，趕快集中精神往天空飛去。

牠站了起來，嘴裡開始準備著魔法，不妙！是龍咆嘯。

龍咆嘯，要是被這招打到我看我人生也結束了。我開始向背對牠的方向飛去，牠看我要逃就開砲了。

「以女神之名，請給我最慈悲的守護，最強力的臂膀。大聖光防護陣！」我用我這輩子最快的詠唱速度使出大聖光防護陣，但是就連在大聖光防護陣之下，那令人凍結的寒意，還是直逼過來。在我無力倒下之時，牠也停止了砲火，似乎無意再度進攻。

「可惡啊！我要生氣了。」

我勉強的爬了起來。

我一定要讓這條瞧不起人的死龍至少斷隻手腳才行，牠相當的傲慢，我必須抓好牠停頓的時間全力一擊，不許輸的一擊。

一旦讓牠有了防備，我將會沒有喘息的時間，最後將因爲疲憊而死。

「好大的膽子，竟敢以人類之姿冒犯我。」龍這樣說著，好像在對我挑釁。

「你說什麼？我一定要讓你後悔。」

真的生氣了，我將魔杖穩穩的插入前方的土地，雙手凝聚我所有的力量，唸出此生知道的最強咒文。

「比黑夜更深的怨恨，比太陽更火紅的憤怒。我以遠古的魔神阿拉絲特之名，予以神罰。滅空破！」

慢慢的我手上出現了比老師那次大上幾十倍的魔法球，這次肯定能讓你不死也掉半條命吧！

「等等，這規模太誇張了吧！」

牠好像慌張了，不過，來……不……及……了呦！

「這一發，請好好收下吧！充滿愛意的一擊。」

我笑著對牠說。

「等等……等等！不要這樣，我會真的死掉的，不要啊……」

藍龍用慌張的口氣對我說著。我覺得牠好像有點可憐，但是卻剎不住車，那顆魔法球就這樣飛了出去，輕輕劃過龍的脖子；龍的脖子開始流出血來，遠遠的出現了一個海上大爆炸，希望那邊沒有人還是漁船什麼的……

人龍兩人，望著大爆炸傻了幾分鐘。

「人家都快嚇出尿來了。」

那條藍龍還驚魂未定的跟我說。

「那當然，我把全部魔力都賭到那顆魔法球上面，至少要打斷你一隻手腳。」

等等，牠剛剛說「人家」嗎？

「還好我有喊停……」

看得出藍龍有被嚇到。

先讓龍回了魂，我才開口問道：「剛才你爲什麼要突然攻擊我？」

「真是抱歉，是我失禮了。我是龍王之子，阿爾逢斯，剛剛從睡眠中醒來，所以做了一些失禮的事情，真是對不起。請問小妹妹有什麼事嗎？」

牠自我介紹著並且詢問我的來意。這傢伙居然是龍王的兒子，我的人生是一本順便成書的小說嗎？

但是，牠的攻擊並非不清醒，恰好相反。那是因爲，沒有實力的人沒有資格請求以及打擾牠們，那是龍族的自傲；牠爲了自己的身份，不願卸除的最後一點尊嚴。

我向牠簡單說了老師的事情和有關村莊裡魔物狂暴化的事情。

阿爾逢斯卻說：「不是哦！狂暴化的原因並不是我，龍族很少有邪氣的，不至於影響魔物狂暴化，反而應該多少能壓制住才對。」

「那麼阿爾先生，你爲何不飛回老家而要在這邊哭泣呢？」

我飛到牠的頭旁邊問著。

「那個……雖然不好意思承認，其實我還是未成年龍族，力量還不夠，不能飛越那麼遠的海洋。我睡過頭了……和爸媽失散了……當時大伙們忙著遷徙就把我忘了……」

阿爾尷尬的說著，羞澀的把頭低了下來。

「看你那麼大，結果居然還是孩子而已。」

我驚訝了一下，那麼說來成熟的龍到底多大？

「那麼我能拜託你一件事情嗎？既然你沒有辦法回家，那麼這段時間能守護我的族人們嗎？我也會請他們偶爾上來找你聊聊的。」

我這樣對阿爾說著。

「這沒問題。」阿爾開始默唸了一段語言。

島上明顯出現了一個結界，波悠波悠等等的生物又開始亂跑，不再狂暴。

「醒來的日子裡，守護這個村莊對我來說不過是舉手之勞，要是能排解一些寂寞的話，我想也是好的。也請妳日後有機會要來找我聊聊啊！」

阿爾對著我笑了笑。

「我會有一段時間要出遠門。我答應你，回來的時候跟你說，我看過的點點滴滴，跟你講那遠方的大陸的風景和故事。謝謝你，阿爾，我終於能放心的出遠門了。」

我抱著牠的頭說道，不過牠還真是冷。

「那也麻煩跟妳的族人說一聲，不然如果他們上來說要屠龍，我也難辦。」

阿爾講完笑了起來。

於是我和阿爾逢斯徹夜聊了起來，他一直好奇問著現在的局勢，科技等等的狀況，幾乎什麼都好奇，可能是好多年沒跟人說話吧！

臨走前，牠教了我一個龍系的咒文。牠說這是可以跟龍神請求力量的最高級咒文「龍愴」。牠跟我說，別輕易在別人面前用，只有在黑系白系魔法都不管用的危急時刻才能用；而且使用龍系法術是需要付出代價的，但是阿爾也不知道代價是什麼。

「龍系魔法師，一直以來都被當成是人類之敵。我不懂他們是怎麼想的，一邊來挑釁攻打我們，一邊說我們是邪惡的一方，從來就不尊重龍，總之龍系魔法師如今已經少之又少了。我的左邊山洞里，應該有本有關人龍魔法的書，妳拿去看吧！照妳的資質和魔力，應該沒有多少人可以與妳爲敵了。」

牠是這樣說的。

「有一半是你們起床氣太差吧！剛剛如果不是我，普通人早就掛了。」

「啊哈哈！」阿爾可愛的別過頭去。「啊！對了。」阿爾像是想到什麼，又唸了一段咒文。

突然間，牠變成了一個可愛的小男生，感覺跟我差不多歲數。藍色的短髮，雪白的皮膚，以及藍色的瞳孔，穿著卻很貴族，一副就是活潑的小少爺模樣。

「太棒了，這樣就能帶你回村莊去了，你就直接替我的位子就好。」

「我很聰明吧！」

牠很開心的笑了起來。

跟牠進入了山洞，找了一下。那本書有一半是教龍語，而另一半是教龍系法術，而旁邊放著一袋相當漂亮的寶石。如果我估計沒錯，這本魔法書絕對不能讓人發現，我默默決定至少現在不能讓人發現我開始學習龍系魔法了。

「啊！妳旅行需要資金吧！這些寶石拿去，這些寶石一定夠妳用好久，要不要這件龍甲，這件又輕又薄，是我珍藏很久的哦！」「還有這個……」阿爾很開心的一直說了起來。

「阿爾，你的寶石我先跟你借用。這件龍甲也先借走，日後拿來還你。不用一直拿給我的，我會回來的。好嗎？」

看著他的眼睛說著。

「嗯，一定要回來哦！」

阿爾哽咽了起來，對牠而言我是不知道多久才遇見的朋友，而剛交上朋友就要離別了。我能理解阿爾的難過。

將阿爾託給父母，媽媽像是多了一個兒子一樣的開心；也跟村人們說，他是山上一位高人下山來幫我保護村子；只有跟村子的元老說了一下，阿爾的真實身份。看著村子的孩子們跟阿爾玩得很開心，明明我跟他們是同年紀的。

我將簡單的衣服以及其他東西放到包包里，而寶石放到龍甲的內暗袋。

龍甲很輕很軟，可以穿在旅行裝外當成便服。

我拿著阿爾給的一顆寶石，想換錢幣，卻發現島上的錢加一加都不夠買一顆最小的。

我正拿著那顆寶石，一邊看著它，一邊苦惱著，突然有個大叔衝了過來。

「小姐，對不起。我聽說妳要換寶石，可以給我看看嗎？」

我便拿著讓他看了一下，裡面一顆最小的寶石。

「我跟妳買。這些錢夠嗎？」大叔很急切的拿出一大筆錢來。

「嗯！」

我點了點頭，默默的接過錢。

那位旅行商人裝扮的大叔，好像拿到什麼寶物似的，把那顆寶石藏入懷中，並且又回頭上船去了。而我也準備買好船票上船去。

阿爾在港邊依依不捨的看著我上了船，不得不說那樣子讓我很捨不得。

於是，我邁向了新的道路，轉變了我的人生的道路。

4 同伴集結

船上的日子，無聊得令人發悶，每天除了海就再也看不到什麼。

「小鬼，妳父母呢？袍子跟魔杖不錯啊！要不要叔叔幫妳保管？」

來者不善，一個看起來很沒品味的粗獷大叔對著我很藐視的說著。

「不用了，你自己快點回家喝奶吧！」

我這樣回答著。

「妳說什麼！」

一激就衝過來，標準的莽夫，我必須給所有人一個下馬威，不然接下來這種事情還會很多。

我連魔杖刀都懶得抽出，直接給了大叔一個上鉤拳，等他飛下來時，又給了一記迴旋飛踢，他不偏不倚的撞到船的護欄然後掉到海裡，相信接下來的日子，耳根會輕鬆很多。

「小姐，您是何方所來的魔導士呢？要不要加入我們魔王軍。」

又一個穿著黑袍的魔導士過來搭話。

「你哪邊涼快哪邊去，走狗。」我說完，他就急著要詠唱魔法還飛了上去。很聰明的作法，不過對我不適用。

「冰之吹襲。」

他還要詠唱，我直接施法把他變成大冰棒。接下來就被船上的人請回房間裡休息，他們說他們會送上最好的餐點，請我不要隨意走動。

看來被當成危險份子了。

無聊的日子，要忍受七天，我將那本龍魔法書在房間裡看了一遍又一遍，確保所有的咒文及文字都能記得。突然間，外面一聲巨響，我們遇上了海盜船。

趁著大家都在甲板上哀號奔跑的時候，我走到了船尾，送上了一發不小的「燄彈」。海盜船直接開了洞，裡面本來準備開工的海盜個個莫名其妙。

直接擊沉，對那些海盜來說，游回老巢不算難吧！我又慢慢的晃回房間。

「小姐……這是今晚的餐點。」

服務生邊發抖邊對我說。我長得很兇嗎？幹嘛要嚇成這樣，不過是打倒了兩個鰲三而已，這是普通的正當防衛而已吧！

「謝謝你，先放著吧！我吃完會推出去的。」

看了一眼，餐點的確頗爲高級，我隨手送了一小筆的小費給他，爲數不少，看得出來他很開心。

「小姐慢用，有任何需要再通知我。」

他拿著銀幣，開心的走開了。

剩下的日子都很悠哉的，在房間裡看著窗外的大海、大海、還是大海。我是不是被軟禁啊！

還好只剩一天的時間，在沒有遊客的半夜，我可以到甲板上去看看風景，吹吹風。平靜的海面，映著皎潔的月光，我喜歡這樣的時刻。

其實我心裡很緊張，這趟出去，不知道會遇見些什麼事情。老師的事情，我也毫無頭緒，一個人的旅行是孤單的。

聽說中天大陸已經沒有勇者的存在了，那麼我算當今唯一的一個勇者嗎？等等，我算勇者嗎？我並沒有所謂什麼正義、道德的想法啊！

該扁一頓的人就扁一頓，把那些混蛋的錢還給窮苦人家，把他們打到不敢再做壞事。我現在能想到的只有這樣。我算勇者嗎？但是如果我扁完他們，又去旅行呢？然後他們又去搶劫，那也沒有一個結束；難道要像老師那樣，變成殺人魔王？

我在皎潔的月光下，苦思著這一切。

我決定暫時不理會這些，船已經快抵達港口了，回到房裡，準備休息到明早再動身。

突然聽到有幾個人，在我房外鬼鬼祟祟。

「老大，你真的要半夜襲擊嗎？」

「囉唆！再怎麼說也不過是個小鬼頭，能怎樣？還不是乖乖睡覺。」

我是小鬼頭真對不起喔！而且我剛好今天白天睡太飽。

我在床上翹著腳，等他們進來。

「怎……怎麼會？」

三個人很驚訝的看著我。

「難道妳都不用睡覺的，妳是人類嗎？」

其中一個跟班這樣對我說。

我慢慢的把窗戶打開。

「你們要自己跳出去，還是我踹你們出去？啊！還有，先把你們身上的所有東西留下。」

三人把所有身上的財物都放到了我的桌子上。

「還有衣服。」

「那個……衣服讓我們穿著好嗎？我的大小姐。」

我瞪了他們一眼，他們乖乖的把衣服脫光，自己爬到窗戶外面跳了出去。

我靜靜的把財物收好，裝到另外的袋子裡，準備交給船長。我還看到商人跟我買的那顆寶石，我想這些都是他從船上搜刮下來的，就交給船上的人處理吧！雖然這種寶石有很重要的用途，不過既然已經賣給了大叔，只好放棄了。

踏到中天大陸的土地上，一股陌生感油然而生。忙碌的人群、搬運的工人、還有一堆沒看過不知名的店家，我不得不說我有點徬徨，不過，先吃午餐再說。

根據老師的說法，旅人吃飯要去餐館，點自己想要的食物來吃。我隨機的找了一家許多人在吃東西的店，這家店看起來還算乾淨衛生，我正要進去時卻被門口的人擋了下來。

「小姐，非常的抱歉，我們店內規定要穿正式服裝哦！沒有正式服裝是不能進到店裡。」

他舉止很有禮貌的對我解釋著。

正式服裝？黑魔袍不正式嗎？這是老師送我的耶！這世界上找不到比它更好的袍子了耶！哪裡不正式？我相當疑惑。

我只好另外找了家普通的店。這次沒被擋下來了，但是只有我一個人是未成年。我看了一下菜單，都是我沒看過的菜名，我隨便點了幾道上來。牛寶珠是什麼？我疑惑的看著菜單，先點點看再說吧！

「那個，小姐。您知道牛寶珠是什麼嗎？」

幫我點菜的大姐很尷尬的笑了笑。我搖了搖頭，大姐嘆了一口氣，在我耳邊講了一下。

「是……牛的那個……？我不要！我不要這道菜。」

我慌亂的取消了那道牛寶珠。跟點菜大姐確認每一道菜的材料，旅行果然要有伴才行啊！

我開開心心的吃著我沒吃過的美食時，又來了一批壯漢。

「小姐，看妳的服裝好像很有錢，要不要跟叔叔去玩啊？」

「羅莉控、變態、人渣、社會之恥。」

我連頭都懶得抬。

「口氣很囂張哦！妳以爲妳是誰。」

壯漢很生氣的大聲咆嘯了起來，可是他沒有否認耶！

我正要抽出魔杖刀時，他身旁一個人出聲了。

「那把不是魔杖刀嗎！老大，她跟移動毀滅有關係！」

一群人像看到鬼一樣跑走了，我也感覺本來不以爲意還在訕笑的旁人，以及正要來搭救的人，突然都退開來了，我想以後別隨便拔刀好了。

果然還是要找到同伴比較好嗎？但是一個小女孩要去哪找同伴啊？

現在這種滿街魔王的世道，總不會有個勇者團大張旗鼓的到處跑吧！我一轉頭看到告示榜。

《通緝，白魔導「法恩」、劍士「普拉」、騎士「阿庫」。此三人連續攻擊幾座魔王城，並且搶奪財物，窮凶極惡。賞金每人五百枚金幣。》

還真被我發現了，那麼大張旗鼓沒問題嗎？

我研究了一下他們的路徑，也是不斷的往北而去，我到了一家冒險者的用品專門店，買了一張地圖，準備開始動身；如果有路過魔王城，順便進去扁一下好了。

「小妹妹，一個人出來旅行啊？真勇敢呢！不過接下來就要遇到危險了哦！」

又一團盜賊出現了。

我嘆了一口氣，中天大陸的治安真的爛到一種無可比擬的地步。

「毯彈！」我直接送了他們一發毯彈，力道不至於死人。

「你是老大吧！你們巢穴在哪？」

我抓著帶頭者的衣領說著。

「妳……妳想幹什麼？不要啊！」

他被我抓住衣領哀號著。

「我想幹什麼？我想把你們的寶物統統拿走啊！不然呢？」

我理所當然的說著。

「原來妳是同行。對不起，這位大小姐，是我有眼不識泰山。」

「什麼同行？我是勇者！」

「勇者？但是妳是……女魔法師耶！」

「魔法師不能當勇者喔？」

我對著他們大聲的喊了起來，誰說勇者不能是魔法師的，不能是女的。

我稍微翻找了一下他們的寶物櫃，沒有書、沒有魔力道具，只有一些金銀珠寶，我拿走了大部分的財寶。

「下次，如果讓我看見或是遇見你們還在搶劫，你們會後悔活在這世界上的，明白嗎？」

我對著他們冷笑，希望這招有用。

我笑笑的看著那群笨蛋的背影，希望他們是真的好好回家去了。

經過了一個魔王城旁的窮苦小村莊，我每一戶都分送了一些財寶。村子裡只剩下老弱婦孺，剩下的壯丁，為了討生活的都到了外地去；沒出去的，也被抓去魔王城當苦役。

我從剛剛一直重複說著魔王城，是它真的很顯眼，好像怕人不知道它是魔王城一樣。有多顯眼？城外有一個大布條寫著，此處最偉大魔王領主——普拉米修斯。

就這樣吧！我真的懶得吐槽了。

我在城外想著，我要怎麼開場比較好，用慣用的燄彈一發把這座城轟掉一半？這樣好像對無辜的人們很不好，還是先把門轟掉就好了吧！

「要去囉！」我一把將手上的燄彈砸向大門，一聲巨響之下，大門和旁邊的牆都爆開來了，我在門外等了五分鐘才有軍隊出來迎接我。

「風之吹襲！」我將衝來的士兵吹到遠方而去。

這樣的兵力，沒有任何魔法防禦陣，士兵沒操練，人數也不夠，打起來很沒趣。走到了城裡，柱子上都是一個死胖子的雕像，我只能說那個品味真的很差。

「小妹妹，看起來妳不是等閒之輩啊！」

一個穿著黑魔袍的男人出現了，理所當然的我先給一發燄彈再說。

「風之壁障。」他輕易的化解了我的攻擊。

「喔！原來這裡還是有高手的。」

我稍微驚訝了一下，他也不必詠唱一般咒語，這在普通的魔法師來說，算是高手了。

「錟彈！」他發了一記魔法朝我打來，我在原地連動都不想動。

「風之吹襲。」直接將他和魔法都吹到牆壁上。

「神的悲愴啊！魔的意志啊！請讓我擁有風魔薩爾法絲的力量吧！我願做祢永遠的奴隸。滅空斬！」

那個魔法師冷不防的對我放了一個高級魔法，我來不及唸咒，只得逃開，那個威力把城堡又破壞了一半。

「沒問題嗎？把你家主子的城堡都破壞光？」

我回過神跟魔法師說。

「那種東西只要重建就好了。」

我想我別跟他拼魔法了，要這樣拼下去整個城都毀了，我也不用找什麼寶藏還是魔法道具了，我往他的方向衝了過去。

「自己來送死嗎？真不錯。」

他說完又放了好幾個錟彈過來，不過他可能不知道，還是有魔法師把體能練滿的，沒多久我就貼近他的身邊了。

「下次記得，魔法師還是有近戰高手的！」

他被我一拳打飛到牆上去。

在城堡的深處，只有坐著一個正在吃東西的死胖子，而旁邊都是穿著破爛衣服的男男女女。我站在門口，看他一邊吃著美食，一邊把怒氣發洩在身旁的奴隸身上，我一股火又起來了。

「妳是誰？士兵呢？」

他發現我的存在，大叫了起來。

「你的士兵，都被我打倒了，城裡面只剩你一人了。」

「妳是誰，強盜嗎？妳要多少錢，我都給妳。還是妳要當我的手下，我有很多奴隸，很多的錢。」

他很慌張的說著，我一步一步慢慢走到他身旁。

「我呢！你或許沒聽過，不過你們以後一定會記得，我是勇者——黑魔法師『薩提絲』，以後給我記住了。」

「這個世界上居然還有勇者。不要過來，不然她就沒命了！」

他隨手抓了旁邊的一個女奴隸，對著我威脅。

「你知道嗎？有個咒文就是要對付這樣的狀況喔！」

我冷冷的說著，那聲音彷彿不像我自己。

「恐懼之神啊！此處有個貪婪的靈魂，我願奉獻給祢，請吞噬他的靈魂吧！荒神蛇咬！」我將食指比出，對準了魔王發射。

他開始滿地打滾了起來，我不相信有人可以免疫這個魔法。

是的，其實我只是對他使用強力的暗示而已。很下流的招數，我不愛用，但是對於沒有任何能力的普通人很有用，這輩子他就在恐懼裡打滾了。

我將奴隸們放開，並且叫他們去把財寶平分給魔王領地裡的所有人。我在城裡面晃了一圈，只找到幾本不錯的歷史文獻。待了一夜確定他們都發放完畢，我也讀完文獻之後，我離開了魔王城。

既不知道他們長相，也不知道他們的樣貌，只知道是三個大張旗鼓的白目勇者團，我得上哪找啊……算了姑且先一路扁到北方去，有緣份就會遇到吧！

我只能說，當妳是個小女孩然後走在無人的路上時，妳永遠不會寂寞，三不五時就有盜賊團來給妳玩弄，我還得常常想出奇奇怪怪的東西嚇唬那些盜賊。

我看見前方有一團人好像在和農民大叔正問路還是什麼的，我也走到前方去問了一下，但是那團人看到我卻起了頗大反應。

「站住，萬惡的女盜賊，妳至今已經搶劫過無數盜賊團，妳這個萬惡的女魔頭，我今天一定要把妳緝捕歸案。」

有一團看起來很顯眼的騎士，拿著劍，正對著我喊著。女魔頭？他們是不是搞錯什麼了？因為我搶了盜賊團，所以我是女魔頭？把盜賊都殺了，然後財寶分毫不取，就是勇者？我一時之間不太懂這邏輯。

「第一、我從未主動招惹他們；第二、也是最重要的一點，我是勇者。」我很淡定的對他們說著。

「少囉唆！乖乖讓我們逮捕吧！」

後方其中一個魔法師說著。

我細數了一下，劍士三名、魔法師兩名、騎士五名。這是打什麼大魔王的陣仗？但是年紀都不超過十五六歲。雖然我也才十二歲，但是雙方實力差距太大了，真正看過老師實力的我，太明白他們的差距了。

「就算我是魔王，你們又能如何？你們能用什麼拿下我？還是只想為了正義而死，用這理由來自殺呢？」

拔出魔杖刀的我，輕輕的對著他們笑了一笑。我講話的語氣很冷，必須讓他們知道，有生命才有機會。

「正義必勝。」後方又一個騎士大聲的對我喊著，如果他能收起他發抖的雙手，或許會比較有說服力。

「風之吹襲。」我放出了力道不小的風，希望能吹跑這群打錯人的傻子。

但是，其中似乎還是有高手的存在，剩下兩名騎士、一名法師、一名劍士。

真是傻瓜，我苦笑著又有點開心，還是有所謂的正義嗎？

「你們的目標是什麼？在一個亂世裡，制裁一個小女孩？我不覺得你們的眼界那麼狹小，你們現在的實力，不過去送死而已。正義難道就如此輕率嗎？」

「囉……囉唆！總有一天我們要把全世界的魔王打倒，讓所有孩子們，不再等不到父親的歸來！」

帶頭的騎士雖然生澀，不過想法不錯，不可否認，我有點開心。

除了那群瘋子之外，還有正常人在想著要打倒魔王，不過他們要好好上一課才行，我承認我心疼他們，所以下手變得更難拿捏了。

「那麼，沒有戰鬥經驗、沒有能力的你們，又能幹什麼呢？」我笑著質問他們。

「以火精靈之名！燄彈！」

留下的魔法師，對著我放了一記燄彈，我連躲都懶得躲，直接也用燄彈化解。

他們還很稚嫩，打太重了不好，但是不懂得懼怕也不行。

「怎……怎麼可能？居然毫無效果，連閃躲都不用。」

「你們這樣，也想打魔王？」

我故意冷笑著。

「你們日後再來吧！我直接送你們一程。」

我將魔杖刀插入土中。

「風之吹襲！」我用了五成力道，果然剩下來的人都被吹走了，而接下來只能祝他們好運，他們真的過於稚嫩了。我心疼，但是卻無計可施，只得稍微傷他們自尊，看他們是否能夠繼續成長。

不過讓我很在意的是勇者後方那個幾乎毫無存在感的傢伙，那傢伙在勇者們被吹跑後也消失了。

「我是勇者對吧？」

我對著看完這場戰爭準備路過的農民大叔問著。

「妳自己說妳像嗎？」大叔很鎮定的反問我。

「是不像，那你怎麼不怕我？」

我懷疑了起來，大叔也太鎮定了。

「妳要是真的下手，又何必跟他們講了那麼多又吹跑他們？看妳的身手，當真要下手，我能活到現在嗎？妳有著一個，非常溫柔而古老的靈魂。」

大叔笑笑的跟我講。

「大叔。你要到下一個城鎮嗎？借我坐趟牛車吧！」

我也懶得走了。

大叔擺了擺手，示意叫我上牛車。

我躺在稻草堆中悠哉的看著天空，到底魔王和勇者誰來定義的啊？我自認是勇者，我的目標是打倒魔王，而我也搶了盜賊的錢去布施；但是他們認為搶錢的人是壞人，那搶壞人的錢還是壞人嗎？我一點也不懂這樣的邏輯。以目的性來說，我的結果並無不良；而以過程來說，我不覺得這樣比直接殺了盜賊而造成更多循環要好，我在牛車上不斷反覆思考。

下一個城鎮是個溫馨的小村莊，但是遠方的懸崖那座城堡看起來很礙眼。我找了一家大媽開的餐館，準備進去吃飯，想順便問問那位「魔王」的評價，結果卻意外的還算可以。

似乎這位魔王沒有做什麼太過頭的事情，還讓他們很穩定的工作等等，只是個普通的領主而已。我根本搞不懂，這樣他掛著魔王名號要幹什麼呢？

「聽說最近有個女魔頭出沒，到處襲擊魔王和盜賊，該不會就是妳吧？小妹妹。」

一位大叔爽朗的舉起酒杯對我開玩笑。

「啊哈哈！怎麼可能呢？」

我尷尬的陪笑著。

是啊！你們怎麼可能會相信就是我本人呢？還有，我是勇者啦！爲什麼沒人要相信？

「不過，小妹妹。年紀那麼小就一個人出來冒險，不怕危險嗎？」

一位大媽很關切的問著我。

「沒問題的啦！我是正統的魔法師喔！連畢業的魔法袍都有。」

我稍微展示了一下身上的黑法袍。

「真是不錯啊！看不出來小妹妹那麼厲害。」

一位大哥笑著舉杯對我敬酒，我靦腆的笑了一下。這裡的氣氛讓我想到我的故鄉，沒想到中天大陸還有這樣的地方，我想領主是不錯的人吧！

才想著，我聽到外面一陣巨響，我彷彿看見三個笨蛋正在跟魔王城的士兵們打。

不是吧！難道真的被我遇到了，他們到底有多蠢？

我直接用飛行術飛了過去，雖然我也是會打魔王的人，但是也不是不分青紅皂白就開扁啊！我無法分析他們是蠢，還是別有意圖。

「那個，你們爲什麼要打這個城堡？」

我對著他們問，但沒人理我。兩個劍士依舊在扁著士兵，而白魔導正在用爆裂術打士兵，爲什麼白魔導也會下場當戰鬥員？

我飛了下去，我想直接扁醒他們比較快。

「爆裂術！」我用不小的力道施展出了爆裂術。對面長得一臉兇樣的白魔導很迅速的施展了防護陣，看起來挺瘦弱的騎士以及劍士立刻跑了過去，這三個人身手不凡，這下打起來可能會有點辛苦了。

「法恩，是小女孩耶！」

劍士很開心的對著白魔導說。

「我說過，我不是羅莉控。我只是希望有個沒血緣的女兒而已。」

白魔導很生氣的對著劍士大叫。

「聽起來更變態。」

比較瘦的騎士在一旁吐槽著，這三個人是搞笑集團嗎？但是哪有實力那麼強的搞笑集團。

我不知道自己該留一手還是要全力攻擊，雖然想加入他們，但是又不想還沒加入自己就先掛了。

「我懶得想妳是誰了，先打倒再說。」

劍士用非常快的速度衝了過來，我勉強用魔杖刀擋下；他又接著閃身到我側邊，我用最快的速度退開，他卻黏了上來，又對我一次的猛擊；我勉強擋了下來，但是也向後滑行了幾公尺。不能跟他纏鬥下去，我必須找出空檔來，但是照這個狀況我可能會受點傷。

「閃光術！」我馬上放出強光，想讓他暫時昏眩，但是在閃光術結束之後，他又追擊上來了，絲毫不受影響。我被他劃到一刀，他的攻擊讓我連再次唸咒的時間都沒有，很特殊的劍士，捨棄了魔法，走專門的極致武術派。

以他的劍術，跟他硬拼一定是我輸，他的劍術太犀利了，必須想辦法拉開距離。我冒險單手擋下他的攻擊，再次快速的用單手在他眼前放出閃光術，他終於中招，我趕緊拉開距離。

「錟彈！」我使出了從未用過的技法，一次十發錟彈，雖然不希望他受傷，但是我更希望我活著。

劍士全部躲過了，他的反應速度讓我錯愕，居然那麼一瞬間已經恢復了，繼續朝我衝過來。我勉強閃過劍身在他太陽穴快速打了一拳，他受身退去，卻又向前沖來，將身子壓得極低，完全義無反顧的朝我沖來。這姿態並不簡單，我瞬間放了岩牆出來擋，只差一點點我就被砍中，而他被岩牆打到空中。

在飛到空中的時候，還帶著戲謔般的笑意，很明顯他並未認真。

騎士似乎是手癢的衝了出來，劍客立刻換手交給騎士。和劍士不一樣，騎士使出明快而強硬的攻擊，我得用上更多精神去躲避，屬於重攻輕守的類型。他是以強硬的作風取勝，我必須在小細節上更加注意，在騎士強硬而快速的攻擊下，我逐漸的落居下風，身上也陸陸續續的受了不少傷，我慶幸要來之前已將寶貝的黑袍給脫了。

快要沒有招架之力了，他進攻的速度讓我連放法術的機會都沒有，只能用出還在實驗的招數。魔力除了魔法其實還有身體武鬥的強化用途，但是得賭上對自己身體的傷害。我聚集了一些魔力在左手上，將劍身反握靠在右手上擋住他的橫劈，左手直接往他腹部一拳擊出。

「聖盾！」

他放棄雙手的劈砍，很快的騰出一隻手來做防禦，然後又稍微退了一步。

「雷電術！」

我一邊防禦一邊冒險分神將法術的力量聚集在手中，在閃躲攻擊之時，準備對準騎士腦門電殛時，騎士突然退開了。

「我輸了，我低血糖。已經無法戰鬥了。」

白魔導只有靜靜的在旁邊看，似乎沒要插手的樣子。

騎士終於停止了動作，攤開了手，似乎表示他無意要打。這是一個試探嗎？還是想先談過再決定要不要花力氣跟我打？白騎士一邊吃著甜點一邊過來先幫我放聖光治癒術，而白魔導則幫劍士治療著。

「我說，你們白痴啊！這個魔王城的魔王，只是個普通的領主，到底為什麼要打他們？」

「我們想說先扁一頓再研究他是好人還是壞人啊！」

坐在地上的劍士這麼說著。

「不要不看狀況就先開扁啊！連我要跟你們講話也先扁！你的腦袋只能想到打架嗎？」

我對著劍士大聲罵道。

「我只是覺得這樣很好玩。這個世界大多數的人類是不該存在的，如果妳連這樣都承受不了，那麼妳也會被世界淘汰，不如我先送妳上路。」

騎士很認真的對我說。

「媽啦！你是騎士還是魔王？你的想法比我還危險！」

我真的要跟這幾個人結伴嗎？我開始懷疑了。

「真抱歉，我的兩位夥伴給妳添麻煩了，不過我覺得很好玩就沒阻止他們了。」

白魔導笑笑的對我說。

「爲什麼你道完歉卻讓我更火大？算了……你好，我是薩提絲，旅行中的勇者，是個黑魔導。」

我首先自我介紹了一番。

「我是白魔導法恩；他是劍士普拉；另一個是騎士阿庫。我們正爲了各自的理由，想北上討伐大魔王。」

法恩介紹著自己的團員。

法恩看起來像是個二十五六歲的白髮斯文少年，但是臉上總掛著讓人不舒服的腹黑笑容。

騎士阿庫，大約十八九歲，看起來是個可愛的金髮好青年，身材很精瘦壯實，但是我不知道他爲什麼，有空就開始吃東西。

「啊！別介意。我一直都有低血糖的毛病，要隨時補充糖份。」

這種人居然還是那麼強的騎士。

另一個是劍士普拉，大約二十歲出頭吧！不說話的時候是個看起來沉穩的黑髮青年，但是一開口就知道，這貨是個只會打架的腦包。

「我原本想著，如果妳真的被他們打到半死不活。我再來到魔王城……」

法恩沒把話說完，又露出一個詭異笑容，我一點也不想知道後續，難怪這群人會被當作壞蛋。

我突然回神才發現，這個城堡的士兵，已經全躺下了，只剩下幾個在一旁邊發抖邊把傷患拖進懸崖旁的城堡裡。

「我們去跟這個魔王道歉吧！各位夥伴。」

我擅自稱呼他們夥伴，其實算是一種賭博、一種冒險，我實在不知道該怎麼開頭講這些事情。

「說的也是，我們好像太衝動了。我們去道歉吧！我們團隊裡終於有清醒的人在裡面了，你們加油喔！」法恩笑著說。

這麼一來，我算入團了？

「你也要來啦！」

我對法恩罵道。

「對啊！法恩你快去，都是你啦！」

普拉在一旁放馬後炮。

「給我閉嘴，剛才打最兇的就你！」

我覺得跟他們在一起久了，我會爆血管。

「你們兩個這樣不行喔哦！乖，快去！」

騎士阿庫裝成很成熟的樣子。

「你也要來。」我一次拖著三個臭男生往魔王城裡面走。

「勇者大人們，我跟你們下跪，王城裡的東西隨你們拿，但是千萬別傷百姓一分一毫。」

一個慈眉善目的「魔王」正在大殿上，可憐的對我們下跪請求著，我看了很不忍心。

「你們三個，給我過去道歉！」我踢了三個人的屁股。

三人一邊好好的道歉，一邊把領主扶了起來。

「這位領主，你那麼勤政愛民，爲何要稱自己叫魔王呢？」

法恩對著領主發問。

領主立即淚潸潸而下。

「在這世道裡，我不稱呼自己叫魔王，別人怎會怕我？我當個普通的和平領主，又怎麼保護人民？世道如此，我也只能這樣做啊……」

領主滿臉無奈的說著。

「沒關係，如果有人日後對你挑釁，你就說他是與我——「移動毀滅」之徒，薩提絲爲敵。」

我笑著對他說，但法恩的臉色有點抽搐。

「他們為何要怕您這樣一個小孩呢？」

領主的疑問很正常。

「我證明給你看吧！你跟我出來。」

我走向懸崖邊，記得我要過來之前有看到幾艘形跡可疑的軍船在附近遊蕩。

我將魔杖刀插入土中，對著海面唸了熟悉的咒語。

「比黑夜更深的怨恨，比太陽更火紅的憤怒。我以遠古的魔神阿拉絲特之名，予以神罰。滅空破！」

我對著遠方正在靠近的黑船，準備丟出手上出五成力的滅空破。

「那幾艘船是你的嗎？」

我對著領主問，我也看到其他三人張大了嘴看著我手上這顆魔法球。

「不，那是隔壁時常來騷擾的魔王，但是我這次已經沒有兵力抵抗了。」

領主無力的跪了下去。

「不要急，我可以幫你讓他們退兵，而且是退很久不敢來。」

我望著遠方的船笑了一下，然後單手將手上那顆球丟了出去，剛剛好打到幾艘黑船中間，中間的海面直接整個消失。船就這樣掉入了那個空洞。我不愛殺人，但是總會懂得如何讓人生不如死。

我回頭對著領主以及其他三人甜笑了一下，不過他們的臉色不怎麼好看。

「謝謝妳，謝謝妳。日後我的人民生活有保障了。」

領主很開心的招待我們留下來住一晚上。

「幾位勇者，飯菜準備好了。」

領主親自過來招呼我們。

我第一次看到魔王親切的招待勇者，這世界什麼東西都反了。

「妳真的是智恭的徒弟？」

法恩在餐桌上面有難色的問著我；我靜靜的將我的過去講給他們三人聽。

「所以妳準備要扁你的老師一頓囉？」

普拉大口咬著肉排，用他最能理解的方式問我。

「你就當作那樣就好了。」

我對他嘆了一口氣並且吃了一口麵條。

「我挺喜歡你老師過去的行爲。」

阿庫很認真的跟我講，一邊把桌上的甜食消耗完。

「你快點去看心理醫生好不好。」

我很認真的對他說，並且開始處理桌上的烤羊。

「我很慶幸妳是我們的夥伴，而且當初沒有跟我們認真打，不然我想我們就死定了，而且是連遺體都找不到的那種。智恭居然爲了阻止自己，訓練出了世界最可怕的小女孩來。」

法恩邊說邊冒冷汗，我該跟他們說，我還會龍魔法嗎？

「我哪有那麼恐怖啦！我不過是個普通小女孩而已，我剛剛就跟普拉和阿庫打得那麼辛苦了。」

我揮揮手笑著，我不過是個一次能吃掉半隻羊的普通小女孩。

「妳太心軟了，有一天會變成妳的弱點。」

法恩嘆了一口氣。

「作為一個人，有些事情，不能丟棄。」

我咬完最後一根羊肋骨，很平靜的跟法恩講。

這個城的魔王，帶著詭異的惡魔羊頭盔，以及俗氣的頭骨裝飾披風，一邊和藹且勤快的招待我們快點吃。你知道的，這場面相當的不協調。

阿庫為了自己好，一邊吃飯一邊請魔王給他些糖果甜食什麼的，讓他可以在旅途上補充體力；而普拉吃飽飯又跑去熱心指導那些被他扁過的士兵們的劍術。

而我跟法恩，跑去認真的翻閱這個魔王的書，希望能找到一些有趣的文獻。文獻裡面只有一篇提到，這邊的耆老聽從前老者說起，龍遷徙的故事，看來阿爾說的是真的，他並沒有騙我。

夜了，輕輕的闔上書本，我靜靜的坐在書桌旁發著呆，日後終於不用一個人旅行了嗎?雖然這三個大笨蛋可能會讓我日後很頭痛，不過我還是很開心，不用再自己跌跌撞撞了。

隔天的旅途上，也少了許多的麻煩事，至少盜賊不再出現了;但是多了三個會到處跟美女搭訕的笨蛋。

「美女，我看妳品種挺優良的，願意幫我生個女……」

法恩話還沒說完，就被其他兩個人帶走了。法恩一邊被拖走還一邊講：「我不過是想要爲了八年後的自己培養一個老婆而已啊！」

「你白痴啊！」

我過去給他屁股一腳。

「真的看起來很漂亮又聰明啊！想說有沒有不要的女兒……」

法恩還在辯解，再來一腳。

「你的說法太變態了吧！」

普拉也看不下去，忍不住吐槽。

才走沒多久，一位貌似貴族手下的女僕走過去。

「這位親愛的女僕小姐，願意跟我一起研究武術的奧妙之處嗎？」

普拉用超神速上前搭訕，其他兩位依舊隨即將他帶走，我也照舊給他一腳。普拉哭喊著他要跟女僕小姐好好研究一番。

「你當女僕小姐是什麼？還武術奧妙，你白痴啊！」

正拉著他的法恩，對他大罵。

「不要每次看到女僕就來這一句，很累啊！」

阿庫也開罵。

直到女僕邊笑邊尷尬著揮手道別才又結束了一齣鬧劇。

一天能遇上兩次，已經很誇張了，但是我沒想到三個人會在同一天發情。

「那位兔耳大姐姐，要不要跟我一起邁向冒險的旅途，成爲神奇的寶貝王者？」阿庫看到了一位漂亮的兔耳族就失控了，還喊著：「別人十二歲就邁向旅途了，我十八歲開始不算晚吧！成全我這次啦！」

「你都十八了，還在耍什麼小孩子脾氣。兔耳族我們惹不起啦！」

法恩一個人就抓著阿庫的腳把他拖走了，而普拉抓著另一隻腳往另一邊走。

「快停下來！這樣我會變成兩半啦！」

阿庫痛苦的哀號。

「你們再繼續，我們就要少個戰友了哦！」

我對著他們靜靜的說道。

「沒關係，沒馬上斷氣的話，我會強力治癒術。」

法恩邊拉邊淡定的說。

「法恩，阿庫快斷氣了。」

我看著快要掛掉的阿庫說著，這時法恩才急忙用大聖光治癒術，原來他真的會用白魔法。

「怎樣，就說不會有事了吧！」法恩對著阿庫很自信的說。

「可是我的心很受傷……」阿庫對著法恩以及普拉充滿怨念的說。

5 這樣到處搶劫被通緝也是理所當然

旅行中，總有很多不方便，像我現在就超想找地方好好洗澡。

不知道是看錯還是怎樣，我彷彿看見大得猶如迷宮的魔王補給站。

「那邊是補給站嗎？那邊可以淋浴嗎？」

我指著遠方的大城堡說。

「天啊！小絲想洗澡想瘋了！」

普拉在我後面大喊著。

我定神一看才發現，那是一個大到誇張的魔王城，最上方還有個巨型的龍雕像。

我喜歡，好帥氣。

「那現在怎麼辦？該去搶劫嗎？」

法恩說得理所當然。

「別說搶劫，真難聽。要說行俠仗義！」

阿庫辯駁著。

「對，順便還把人家魔王城當家，吃飽喝足兼搶劫。」

法恩面無表情的說。

「我們真的是勇者嗎？」

普拉一邊說一邊嘆氣。

「這種事情怎樣都好啦！我們快點去扁他們。」

我現在腦中只有想扁掛他們然後洗澡吃飯的想法。

「那麼，給小絲開始起手打招呼吧！」

大家在魔王城外，遠遠望著。我正在思考要怎麼開場，不過我很在意那個龍雕像，直接打下來好了。

「惔彈！」我丟了一發魔法到龍雕像上，然後龍雕像直接倒進魔王城裡，我們看著裡面一大片混亂，果然是危機意識不足的魔王城。

然後城牆上，出現了一大排的黑魔導，開始狂丟冰彈和惔彈。

我們只能開始拔足狂奔，這魔王夠狠，這陣仗誰受得了，我們望著還在城牆上施法的魔法師。

「法恩，你說，現在該怎麼辦？」

我問法恩，法恩摸著下巴考慮著。

「把城都炸了？」

法恩給了一個爛方法。

「我想洗澡，所以不要。全轟了，哪來的浴室？」

我直接反駁他。

「你們不是會冰之吹襲？直接把他們都冰起來不就結了。」

普拉在旁邊一邊用劍畫著樹一邊說。

「啊！不說都忘了。」

沒想到這招還能這麼用。

「法恩，每次都是我，這次你來啦！」

我對著法恩耍賴，法恩攤了攤手，走向前。

「是的，我的大小姐。」

法恩板起了臉，他總算認真了點，開始將魔法凝聚在手上，然後丟了出去。

「等……」我來不及說完，他的冰之吹襲直接打壞城牆前端的上半部，沒多久一大群的士兵衝了出來，還帶著魔物。這可有點不妙，畢竟我們也才四個人。

雖然是這樣說，我和法恩靠著普拉和阿庫的掩護，開始了瘋狂的轟炸，在花了一番工夫才將士兵和魔物撂倒，我們也被人浪貼近好幾次，身上也是小傷不斷。

我們把門炸了，闖了進去。不得不說這城好大，搞得跟迷宮一樣，魔王自己真的走得出來嗎？我懷疑著。

突然冒出一個狼人。

「哇哈哈哈哈！遇到我算你們倒楣，我們可是天魔手下的四天王。」

他頗得意的說著。

「喔！」我們回應得很冷淡。

「別回應的那麼冷淡啊！這樣我很難堪耶！」

狼人一副快要哭出來的樣子說著。

「哇喔！四天王耶！感覺好強，好可怕。」

我覺得他很可憐所以稍微裝出了害怕的樣子。

「這樣我覺得更丟臉了。」

狼人已經哭出來了。

「你是打不打。」

普拉已經不耐煩了。

狼人衝了過來，然後被普拉砍成兩半，這叫四天王？

我們繼續到處闖，我開始覺得對勇者來說，最痛苦的是這個迷宮，我好想打穿它。

「哇哈哈哈哈哈！你們剛剛打倒的不過是四天王最弱的一個，接下來我就會打敗你們了。」

狼人Ｂ出現了，難道四天王都是狼人？

「雜魚都是這樣說的。」

法恩笑著說，還一邊指著狼人。

「不准叫我雜魚！」

狼人B很生氣的大罵。

這次阿庫連說話都懶了，過去又是一刀兩半，這到底出來幹嘛的？

然後狼人C和D也跑出來了。

「這次我們最後兩大天王聯手，你們死定了。冰之吹襲！」

這兩個感覺比較有料，不過一樣沒啥用。

「燄之吹襲！」我才剛施法，兩人已經變成木炭，四天王？四雜魚吧！

又走沒多久，我們看到一個很有架勢的蜥蜴人，他扛著一把巨劍。

「我是四天王中最強的一個，前面那幾個不過是沒用的傢伙。」

蜥蜴人很有自信的說著。

「剛剛不是出現四個了嗎？」我好奇的問著他。

「囉唆！四天王最後一定會出現第五個，這是常識。」

他是這樣說，我可沒聽說過這種常識。

他對我們單手丟出了燄彈，趁大家躲避之時，衝到了我面前。能力不錯，難怪能當四天王的頭頭，不過還不夠。

阿庫已經衝到了他的側邊，給了他一刀。

我們可不是出來升等打怪的普通新手，是出來擾亂世界的，是要讓魔王們知道什麼是恐懼。

我們就這樣東逛西逛，最後在我們走到快要想把這座城堡炸爛的時候，找到了一個大房間，裡頭坐著一位正在哭的老先生。

「老先生，你是魔王吧？」我開口問他。

「你們、你們怎麼進來的？快帶我出去。」

他拉著法恩的衣擺哀求著。

「難道，你自己走不出去？」我問著魔王。

「就如你看到的，我一把年紀了。當初想僱用一些高手，去把事情都處理好，自己在迷宮裡安養天年；但是久了卻發現，自己走不出去了，又不好意思跟部下開口……」

老魔王很為難的跟我們說著，這世界是怎樣，這樣都能當魔王。

我們很乾脆的直接幫他轟出了一條通往外面的路，然後在裡面住了一晚，當然好好的洗過了澡。老魔王無可奈何的看著我們到處搜刮，然後當自己家逛。這城雖然大，但是有一半根本都是空房間，沒有什麼用處的房間一大堆，簡單來說就是打腫臉充胖子。有一半以上的魔王根本沒有什麼真正的野心，頂多算是一方土霸而已。

我不懂到底當魔王有什麼好處，平淡的投資然後生活不好嗎？

「法恩，人人都想當魔王。當魔王真的有那麼好嗎？」我問著法恩。

「不用背負任何責任是最大的主因吧！再說之前根本沒有勇者的出現，魔王是個很安逸的職業。」

法恩想了想後回答。

「這也是我們出現的原因，要讓魔王們覺得，魔王不好當。」

阿庫在一旁幫腔。

「總之，扁到沒有人想當魔王就對了。」

普拉下了一個很蠢但是很實際的結論。

我們在三天後，找到了一座大城鎮。終於可以好好梳洗和睡覺了，不用餐風宿露，也不用每天吃野味，還可以添購日常用品和洗衣服，不然我覺得自己都快變成男人了。這座城鎮相當的熱鬧，是貿易盛行的城鎮，不難看出來，有不少都是軍需品。

戰爭帶動經濟流動，這無可厚非，但是城鎮裡也有許多看起來生活拮据的孩子。戰爭能帶動大環境經濟體系的改變，但是卻無法照顧每一個人；所謂的幸福，真的需要那麼多的犧牲和革命去換取嗎？

「我保證，姐妹花是超漂亮的，每次來我都一定住那間。」

法恩用很開心的臉說著，三個大男生講得超級興奮。

男人，永遠都是孩子。

「真的假的，該不會都是小女孩吧？有沒有女僕之類的？」

普拉用懷疑的臉看著法恩。

「或是你只是想要對方大媽的女兒之類的？」

阿庫一邊說一邊看著各個攤販賣的食物。

「怎麼可能？姐妹倆都是超漂亮大美女。妹妹好像幾乎都穿著女僕裝吧！」

法恩用正經的臉很肯定的回答。

「不是的話，怎麼辦？你要讓我們扁一頓嗎？」

阿庫聽完立即回答了法恩，普拉在一旁默默的舉起了他的劍。

「不是就不是啊！難不成不是你們就要住野外嗎？」

法恩用不然還要怎樣的表情跟我們說。

「說得也是，就算是大媽，還是要住宿，希望我不會看到大媽穿女僕裝。」

普拉一邊把刀放下一邊感嘆的說著。

「你們幾個都只想自己的福利，那我呢？」

我忍不住對他們抱怨。

「你已經有三個帥哥可以看，該滿足了。」

法恩用帶著自豪的表情跟我說。

「清醒一點，你該吃藥了。」

我第一時間反應直接脫口而出。

「啊！法恩翻白眼了。普拉，打醒他。」

阿庫轉頭對普拉說，普拉拿起了刀蓄勢待發。

「阿庫爲什麼不自己來？」

普拉一邊說一邊拿著刀接近法恩。

「你打比較痛。」阿庫在一旁吃著攤販賣的烤魷魚。

「不用！我醒了！」法恩突然驚醒。

看來其他兩個是認真的。

男人，就是這德性，一輩子都是孩子。

「住宿品質好不好啊？」

對我來說，我比較擔心這個。我可不想難得可以休息卻要跟臭蟲或是蟑螂以及男人一起睡，我一定要一個人一間。

法恩跟我們保證，那是相當棒的連鎖旅館，品質一直都不錯，看法恩稱讚成這樣，我都開始懷疑是不是裡面都是小妹妹了。

是我上輩子還是這輩子造孽，讓我得跟一群變態一起冒險。人家說物以類聚，難道我也是變態？不可能不可能，我怎麼會是變態呢？我只不過是個普通到不行的小女孩……好吧！沒那麼普通，但是也算不上變態啊！我一邊自己思索著這個問題，一邊跟著大家開始悠閒的逛街。

法恩默默的走進了魔法用品店，大家也跟著去逛了；我不太懂一個當白魔導的人，爲何都看黑魔法用具和書。阿庫和普拉正在研究著裝飾用的頭骨一邊討論著那有什麼用途。

一般的魔法用品店其實也沒什麼好東西，都是很普通的高級魔杖或是魔法封印的各種詭異物品，像是什麼殺人鬼用過的刀、魔神用過的詛咒道具，實在是詭異到讓人懷疑。

法恩爲什麼會開始看詛咒用品啊！他不是白魔導嗎！不要一邊研究還一邊露出甜美的治癒微笑啊！好像變態。好像？不對，他本來就是變態，可是這樣看起來更變態了。

「普拉，借我錢。」

法恩對普拉開口，一邊捧著《你不能不知道的詛咒大全集》。

「我哪有錢？我身上也只有零用錢，去跟阿庫媽媽拿。」普拉表情很鎮定的說著莫名其妙的話。

「阿庫馬麻，我想買這個，買給我買給我。」法恩對著阿庫撒嬌。

「不行，這個月家用已經很吃緊了，不准買。」阿庫板著臉對法恩說。這是哪來的家庭小劇場？等等，這就代表普拉跟阿庫是一對嗎？好像不錯。

「小絲姐姐，借我錢。」

法恩對著我用可憐兮兮的眼神說著。

「我身上除了不外借的旅費，就只剩寶石。你確定你還得起？」我對他講。

「小絲馬麻，給我買這個。拜託，求求妳。」

「小絲馬麻，我今晚想吃牛排大餐，求求妳。」

「小絲馬麻，我剛剛看到一把好棒的刀，求求妳。」

三個人聽見我身上錢還不少，紛紛開始向我撒嬌。

「可以啊！打贏我就買給你，我會百分之百出力，無論生死。」

我對著他們冷冷的說。

「小氣鬼。」三個人同時嘟著嘴說道。

「這些錢，是個很重要的朋友借我的，我可不能亂花。」

我對三人說，一邊嘆了一口氣。阿爾，不知道現在過得怎麼樣？

說著說著，就到了兩家旅店門口，一家招牌上寫著「你家旅店」，副標題寫著「你家就是我家」。什麼鬼東西啊！我忍不住笑了出來。對面則是「賽門十一」旅館，明確寫著營業時間，早上七點到晚上十一點。我第一次看到旅館經營還有時間限制的。

「法恩，爲何你不選對面呢？對面櫃台也是美女啊！」

我對法恩問著。

「多年前，我曾經想要投宿他們旅館，無奈已經晚上十一點，他們不顧我的哀求，將店裡喝酒吃飯的客人和我都趕出門外，此後我就再也不上門了。」

法恩用苦澀的眼神看著塞門十一旅館，他曾經吃過不少苦吧！

「你家雖然服務比較少，但是卻很親切溫馨，我每次來他們總能認得我，因此老客人越來越多，我希望他們有一天能打倒賽門十一旅館。」

法恩又帶著笑容轉頭回到你家旅店。

「哎喲！法恩你來啦！」

我看著櫃台一個跟我差不多高的小姐姐，金色的雙馬尾，相當可愛，正在跟法恩打招呼；隔壁是個面無表情的大姐，大約有一百七、八十公分高，黑色短髮，瀏海遮住了半邊眼睛。

「法恩，你果然是衝著羅莉來的。」

阿庫用藐視的眼神看著法恩。

「這位客人，你想今晚住在屋簷下吹冷風嗎？我成年很久很久了。」

那位看起來很像小妹的金髮女孩這樣說著。

「姐姐，不小而且至少有C！」那位看起來很高的黑髮女孩突然脫口而出。

「原來她才是姐姐啊！」

我和普拉以及阿庫同時出口驚訝道。

「吐槽點不是這個吧！」

法恩在一旁很冷靜的說著。

「小姐，願意跟我研究武術的神祕嗎？」

普拉看到穿著女僕裝身材姣好的妹妹，又衝了過去，然後被妹妹打倒在地。

「不願意。還有，我叫曉雲。」

曉雲冷冷的對普拉說著，雖然穿著女僕裝，卻殺氣十足。

「啊！我該跟新客人自我介紹，我是曉琪，他是我妹妹曉雲。今晚客人需要什麼服務嗎？要一間房間還是兩間情侶房？還是三間客房？」

曉琪笑咪咪的說出很可怕的話來。一間？兩間情侶房？三間客房？大姐妳腦中是把我們的關係怎麼配對了啊？

「四間有衛浴的客房，都單人房就好。」

我立即脫口要求。

「喔喔！要玩夜襲遊戲嗎？」

曉琪又笑著講出可怕的事情來。

「並沒有！」我們所有人對著曉琪大叫。

「夜色茫茫，星月無光……」曉琪唱起了一首沒聽過的歌。

「別唱夜襲啦！這邊沒人會夜襲的啦！」

法恩突然對曉琪大聲喊著。

「這首歌是？」我問了法恩。

「某個島國傳過來的軍歌，是描寫部隊夜襲的歌。」

法恩鐵青著臉說明給我們聽。

「都說不會夜襲了。」我們其他三人聽完對曉琪大罵。

「好夜襲，不夜襲嗎？」曉雲若無其事的講。

「什麼鬼文法啊？」法恩抱怨著。

我們也吩咐曉雲幫我們上了一些店家推薦的菜餚，這裡的餐點相當不錯，我不太懂，她們倆姐妹怎麼有辦法兩個人管一家旅館。

夜裡，我悠哉的坐在窗邊看著書。

卻聽見，好像有人在唸著什麼不拉不拉的，希望不會有人傻傻上門想偷襲，門上面可是有法恩最可怕的詛咒，要偷偷打開會出事的。

一晚上我聽到了三次哀號。隔天普拉和阿庫穿著女僕裝，爲什麼是你們兩個啊？我一回頭，曉琪爲什麼也穿女僕裝？

「別誤會，昨晚去買了宵夜，想分妳吃。」

普拉解釋著，好像並不討厭穿著女僕裝。

「我也只是想看看妳睡了沒。」

阿庫鐵青著臉說。

「我是去夜襲哦！」

曉琪很大方的承認了。

「爲什麼妳就這麼大方承認了！妳居然想襲擊女的！」

我對著曉琪失控的大喊。

「襲擊男人就可以嗎？」

曉琪望著男人們說著，帶著好像真的會做的神情。

「姐，聽說學校出現大魔物了。」曉雲從外面回來，帶回了不好的消息。

法恩的臉立刻沉了下來。

「妳說，有魔物攻擊學校？」

法恩鐵青著臉說著，我第一次看他如此憤怒。

「嗯！學校正在大亂，很多人過去想制止都被殺了。」

曉雲面無表情的說。

法恩立刻衝了出去，我們也追了上去。

一到學校立刻看見一隻體型頗巨大的人形蛇怪。其他的人想去阻止蛇怪，全部被一口吃掉，這隻蛇怪長著人的四肢，和毒蛇的頭，並且有著蛇髮。

遠遠我看見一個老師，正竭盡全力的用初級防禦陣，在守著他的學生們。

「牠是我的，你們不准插手。」

法恩對著我們說，阿庫和普拉面無表情的表示瞭解，我也攤攤手，表示隨他。

法恩慢慢的走到了蛇怪面前，就那樣站著，好像挑釁一般笑著。

「人類，你想幹什麼？想看我把那邊的小孩一口一口吃掉嗎？」

蛇妖也挑釁的回覆著。

「有本事你就在我面前做做看！」

法恩用相當可怕的面容對蛇妖說，蛇妖也被法恩的氣勢嚇到。

被法恩激怒的蛇妖衝了過去並且伸出蛇狀觸手準備攻擊法恩。

「我三百年的妖怪，會被你一個小娃兒嚇倒？笑死人！」

法恩帶著輕蔑的微笑然後用拐杖往地上一敲，出現了一道光牆在自己面前。

「我不是想嚇倒你，是通知你，我要讓你後悔活在世界上。」

本來笑咪咪的法恩，說完臉就沉了下來。

阿庫和普拉像是看戲一樣，買了一堆零食走到了我的身邊看戲。

「你們不擔心法恩嗎？」

阿庫回頭邊嚼零食邊跟我說。

「我們比較擔心觸怒法恩心傷的蛇妖，會死得多難看。」

「我會後悔活在世界上，怎麼可能？」

成功被法恩激怒的蛇妖，心裡開始動搖了，身上放出一堆的蛇狀觸手出來。

法恩靜靜的笑著，法恩的笑容很明顯的在享受這一切。

「空裂斬！」法恩的腳邊滾了一顆蛇頭，法恩像是很享受般的踩碎了它。

蛇妖的蛇狀觸手全都被裂空斬斬斷了，這招我看過老師放過一次，沒想到法恩也不用詠唱就能放出。

蛇妖又在口中凝聚了能量，攻擊法恩。

在能量球要打到法恩之時，法恩揮手將能量球打回給蛇妖，能量球在蛇妖腳旁的地面炸開來。

如果我看的沒錯，法恩在那瞬間，在手上施了法，他正在擊潰蛇妖的自信心。

法恩笑著，揮手丟出了原本凝聚在手上的爆裂術，蛇妖勉強的閃過去，準備向法恩撲去。

法恩笑著放出冰之吹襲，蛇妖急忙的退開了。

「神聖枷鎖！」法恩用了白魔法的箝制術將蛇妖綁住，然後一隻手不斷的用爆裂術攻擊。

雖然那些攻擊都是小小的但是令蛇妖疼痛難耐，蛇妖在受不了的狀況下，終於掙脫了神聖枷鎖。

「接下來，就不是遊戲囉！」

蛇妖有點露出了驚慌的表情；法恩笑得更開心了。

「驚慌了？害怕了？後悔了？三百年蛇妖？也不過是如此啊！」

蛇妖聽完更加生氣了。

「你這個小鬼！那我就在你面前吃了小鬼們！」

蛇妖沒注意到法恩剛剛說完就開始詠唱了，牠真的被法恩激怒了，蛇妖放出了數量驚人的蛇觸手來，我正準備衝去幫助那些老師和學生，卻被普拉拉住。

蛇觸手在要靠近他們之前，就被一陣聖光毀滅了。

「大聖光絕護陣，你這個小妖怪可以看到這個絕對防禦陣法真是便宜你了。」

法恩笑著說，蛇手已經要衝到眼前了，法恩好像在默唸著什麼。

「燃原！」法恩突然叫道。

「法恩不是白魔導嗎？怎麼會用黑魔法？」

我感到不可思議的對阿庫問。

「妳覺得他那種個性那麼頑劣的人，會光用規規矩矩的白魔法應戰嗎？」

阿庫很鎮定的說。

「而且他還雙法同放！」這招我真的沒學過。

「法恩，其實是很有愛心的人，有些事情如果他想說，有一天你會知道的，他很少認真起來的。」

普拉在一旁拍著我的肩膀說。

「怎麼啦？再來蛇手啊？不是很愛蛇手，沒別招了嗎？」

法恩站在原地對蛇妖挑釁，突然間法恩四周的地上出現了四條大蛇往他攻擊而去。

要咬到法恩之前，又被大聖光絕護陣給「斬首」了。

「你以爲我就這樣傻傻的都沒防禦自己？我剛剛就用腳畫出了自己的防禦陣了。你這個無能的蛇妖，我不是說過嗎？要讓你後悔活在世界上。」

我第一次聽到有人用腳也能畫防禦陣法，蛇妖臉色開始變化了，蛇妖走投無路了，接下來應該是牠最後一招了。

「不可原諒！不可原諒！我居然被逼到如此地步，我要讓你們都在毒液裡痛苦的腐蝕而死！我要這個城鎮都泡在毒液裡！」

蛇妖的嘴對著天空張大了起來。我看到蛇妖的嘴角冒煙了，蛇妖自己的外皮也不能承受牠的毒液。

法恩終於動了起來，跑到了蛇妖面前。

「逆・大聖光絕護陣！」法恩把蛇妖整個封住，而蛇妖來不及停止噴出的毒液，不斷的腐蝕自己的肉體。

「我可不會讓你那麼好死喔！」

法恩一邊維持絕護陣，一邊對著快死的蛇妖放治癒術，讓牠不斷著承受死亡的過程，從中午直到傍晚都沒停過。

「你不如殺了我吧！」

蛇妖痛苦的大喊。

「我不是說過了，要讓你生不如死。」

法恩笑著，但是眼神毫無笑意。

蛇妖在聽完之後，露出了絕望的眼神，當場把自己的心臟挖了出來。

我好像聽見法恩的喃喃自語：「老師做到了哦！老師保護了你們呢！老師做到了哦！老師處罰了壞人哦！老師棒不棒？怎麼不回答？老師很棒吧？回答我啊……」法恩說完無力的跪了下去。

我走過去輕輕的抱住了法恩。

「你做的很好，真的。」

法恩在我懷裡，不斷的哭喊著。

6 魔王聯合軍團的襲擊

這兩天，法恩幾乎都在睡覺，曉雲也很溫柔的照顧著他，我和普拉以及阿庫，只得到處晃，並且看著初雪，緩緩降下。

曉琪開始在大廳裡點燃了爐火，我看著她用笨拙的動作點著爐火，想過去用法術幫她，曉琪卻笑了笑把我的手輕輕推開。

「不一樣的。待會妳感受一下，那自然而成的溫暖吧！」

曉琪對著我很溫暖的笑了一下。

我走向門外，靜靜的看著天上降下的雪。遠遠的，我看見兩姐弟躺在路邊，我想過去叫他們，給他們點衣物或什麼。我叫了普拉一起過去，但是走到那邊才發現，已經來不及了。那位姐姐還緊緊的抱著他的小弟，緊緊的……

我忍不住一邊哭泣，一邊用手挖著覆蓋上初雪的土壤。

「用這個吧！」

普拉將姐弟的屍體幫我送到城外來之後，又幫我跟曉琪去借了工具。

我們靜靜的將姐弟埋葬之後，在小土丘上坐著看了好久的初雪。我多麼希望大家都能幸福，但是卻發現，自己的能力多麼的小、多無力，我忍不住啜泣著。

普拉輕輕的拍拍我，說：「我們總是希望，人人都幸福多好，但那是不可能的。小絲，我們該想的是，我們能給多少人幸福？如果能夠打倒魔王們，能讓很多很多人幸福嗎？」

老師，你痛恨著造成你命運的這些魔王，背棄了正道，但是你又造成了其他人的悲劇。老師，你有想過嗎？你也是劊子手啊！

阿庫遠遠的走了過來，帶著我的黑袍和普拉的大衣，手上還拿了三杯熱可可，什麼都沒說的走到我們旁邊，默默無語的坐在小土丘上。阿庫摸著我的頭，一晚上只講了一句。

「難爲妳了。」

在第三天，法恩終於醒來。我們開始大吃特吃，曉雲似乎也相當有幹勁，我居然也開始擔心旅館的備用糧食會被我們吃光。

曉琪在沒有客人的時候，幽幽的走了過來。

「你們啊！被魔王軍盯上了。我這邊有人跟我說，他們可能會派聯合大軍來這裡，你們大約還有半天的時間，要跟他們打還是要跑，你們自己決定。」

曉琪說完就回到了櫃台，大家停下了吃東西的手沉默了一陣子，我們決定吃飽後，快開溜，至少別在城裡開打。

雪依舊靜靜飄下，覆蓋了所有一切，讓我們的逃亡更加的困難了。

大家背起行囊，和曉雲以及曉琪抱別之後，奔向外面的荒野。附近是個很荒涼的峽谷，我們打算躲到裡面去，找個山洞什麼的。

雪讓我們的腳步，每一步都更加沈重，我們已經沒有力氣去開多餘的玩笑。

「小絲，妳個子比較小，飛上去看看那些人來了沒。」法恩如此吩咐我。

我飛上了天去查看狀況，隱隱約約看到遠遠的確有一波人浪，往城鎮過去。

「還好我們離開了，不然在城市裡不知道要多亂。」

我望著遠方的人浪感嘆。

「但是要怎麼抵抗這波攻擊？」

普拉開始嘆氣。就算是我們，也不可能用四個人跟整個軍隊打啊！而且是在大雪之時，我和法恩是魔法師，戰鬥起來還不會那麼辛苦，但是普拉和阿庫的戰力至少會降四成。

阿庫也埋頭沉思，我們一邊休息一邊想著該如何是好。

「要不要先給點陷阱。」

法恩賤賤的笑了起來，一邊掏出他包包裡的詭異道具。

法恩給了我們幾個詭異的球型物體，然後放在大軍的會經過的路線上，一段距離放一個。我們真的是勇者嗎？別說光明正大了，放陷阱是哪招？

我們一邊放一邊逃，最後逃到了附近的山洞裡生火發呆，並且放出了一道掩護用的幻境。

士兵一波波的來了，但是被陷阱炸傷的他們，卻沒有停止腳步，一個個眼神呆滯的前進著。

「居然用闇影術！到底是誰帶頭的，居然用那麼下流的方法。」

法恩很生氣的說著。

「闇影術？」普拉不知道也是正常的，因爲那是禁忌之術。

「控制人的靈魂，讓他幫自己做事，無論打贏打輸，被控制的人最後一定都會死。」我解釋著。

「這樣也太……」

普拉聽到這些消息有點傻楞住。

「法恩，我們送他們上路吧！」

在一旁一直沒講話的阿庫，終於說話了。

「我們必須有點計畫才行，不然他們人數太多，我們要打會很吃虧的。」法恩這樣說著。

「我有個計畫……」法恩跟我們說明。

在一番的討論過後，法恩讓我們每個人用分身鏡製造出一個雖然沒有能力但是很像真人的分身。

「現在大家要準備好，不能太快，也不能太慢，將他們引入山谷之中。」法恩吩咐著。

我們在軍隊沒人注意的時候，讓分身衝了出去。

「找我們嗎?在這裡哦!」

法恩對著士兵們大喊，他們像是發了狂一樣的衝過來，我們開始往峽谷裡面衝，而士兵們毫不猶豫的跟了進來。飄著大雪讓視線更加的不清晰，也讓他們對計策更加的難以防備，我們在到達峽谷的盡頭之後，立刻解除對分身的控制。

軍隊很快的進入了山谷，我們看著最後一個人衝入山谷之中。

「小絲，記得，別留情，最好能把這座山夷平。」

「比黑夜更深的怨恨，比太陽更火紅的憤怒。我以遠古的魔神阿拉絲特之名，予以神罰。滅空破!」

我唸出了熟悉的咒語，山在巨響之中開始崩裂，那群在戰鬥中一開始就早已死去的士兵們，默默的被土石掩埋躺在裡頭。雪靜靜的繼續飄下，覆蓋了所有悲哀和寂寞。

我一股惱火湧上了心頭。我發誓一定要讓做出這件事情的人生不如死。

「別大意，又有人來了。」

普拉說著。不遠的地方，一個穿著軍裝的大姐慢慢的走過來，旁邊跟著一隊精銳士兵。那位大姐一頭黑長髮，有著漂亮而消瘦的臉，帶著老練的軍人神情。

「我很意外，這樣的大軍，你們居然毫髮無傷。」她向我們說著。

「就是妳讓那些人變成活死人的嗎？」法恩對她大聲質問。

「不是我哦！我只是奉命帶領那些死人而已，我自己比較喜歡活人。是那些僱用我的聯合魔王工會給我這些死人兵的。」

她笑著擺了擺手說。

「雖然很喜歡你們的作風，不過已經被僱用的我，還是要將你們除掉。」

她又笑了笑，擺了擺手叫身邊的人攻擊，她的穩健反而讓我感到棘手。

她手下的部隊，很快的插入到我們周圍，動作相當迅速。阿庫和普拉已經開始跟他們交手了起來；而我也抽出魔杖刀，準備應戰。

普拉閃過了一個士兵的橫劈，直接衝入對手懷裡由下往上準備刺穿，士兵在千鈞一髮之時閃過了，但是臉被劃出了一道不小的傷疤。普拉直接將他踹飛，並且擋下了另一人的攻擊，而這個人就沒這麼幸運了，他被阿庫直接刺穿胸口。後方出現一個準備在阿庫來不及拔刀而襲擊阿庫的士兵，卻被普拉從上往下劈砍成兩半，普拉和阿庫的默契實在沒話說。

其他幾個士兵一邊帶著輕蔑的神情一邊往我走了過來。

「燄彈！」我隨手甩出幾顆燄彈，他們立刻閃開來，並且露出驚訝的表情。他們認爲小女孩不可怕嗎？我在原地不動，他們開始想衝過來壓制我。

「冰烈切！」他們被法恩切成了一塊一塊。

最後一個士兵，直接拿著炸藥想往我們這邊衝來，法恩面無表情的對他送了一個燄之吹襲，他就這樣在原地爆炸了。

冰原上，沒有士兵了。士兵的命運只有生與死。抗命是死，戰敗是生不如死，要存活只有勝利。我不想當個假好人，讓他們死在戰場上，至少還有個光榮戰死的名譽。

「我還以為你們是不殺主義，結果卻一個士兵也不留給我。」

她笑得很輕鬆，好像剛剛什麼事都沒發生過。她一直讓我感到可怕，卻不知道為什麼。

「軍人上了戰場，只有勝利才有辦法存活。」

法恩對著女軍人說著。

「對了，我忘記自我介紹，我叫書記，某傭兵軍團書記。多指教！我們日後還會見面的。」

她一邊說，一邊玩弄著手上的軍刀。

突然，她閃身來到我們面前往我的頭敲下去，還輕聲的跟我說：「戰場上，不能那麼沒防備心哦！」

在我倒下之前，她已經消失無蹤。

「小絲！」大家很擔心的衝了過來。

「我沒事。我沒……」

我想跟大家保證我沒有事情，但是我的意識慢慢開始模糊。

醒來之時，我已經又躺回了「你家旅館」的床上。

曉琪在我身旁摸著我的頭。

「門外那群笨蛋，她醒了啦！」

曉琪說完，他們三個都衝了進來。

「小絲。餓不餓？有沒有事？」

普拉首先趕到床頭搶先問著。

「你笨蛋啊？剛醒來你就問餓不餓。」

阿庫打了普拉一掌。

「醫生說是輕微腦震盪。妳休息幾天，我和其他人去探聽那個魔王聯合工會的所在地。」法恩溫柔的說著。

「嗯！」我輕輕的點了頭。

躺在床上的我，苦思許久。明明，老師是全大陸首席的魔法師，爲什麼我還會這麼輕易倒下呢？難道是我能力不夠？還是我真的還太小了？我躺在床上不斷的思考著。

「小絲，不要亂想。妳不是比不過她，小絲不是軍人，不像他們隨時隨地都在防備，都在想如何讓人死去。」

曉雲過來放水和食物，坐在我身邊說著。

「但是失敗的感覺，讓人感到好討厭、好後悔，我不喜歡這樣的感覺。」

「那就把這個感覺記下來，成爲小絲日後不再犯錯的動力吧！」

「嗯……」我一邊吃著曉雲送過來的食物一邊想，世界果然很大呢！就連最強魔王的老師教出來的我，都不是無往不利呢！

到了下午，法恩終於回來，說他查到了魔王聯合工會的所在地，正好也是在北方，也就是說我們要再踏上旅途了。

我們說好先休息準備一個禮拜，旅行要用的調味料、鍋子等等各種用具也該再添購了，醫生說我的內傷還要調養一段時間。

阿庫忙著收集一些能放的甜品，方便旅行時候可用；普拉找了鎮上最好的鐵匠，請他幫忙把自己的刀整修一番；法恩總忙著找魔王聯合工會的相關資料。

我有點捨不得對我們很好的曉琪姐妹，這幾天就像回家一樣熟悉。而且離開了又要開始餐風宿露，實在是不太想面對那樣的生活啊！

在寒冷的冬天裡，往北方而去是一件很痛苦的事情，而且路程上不是每天都會有旅館，時常都得找個山邊挖山洞睡。幸運的是，我們身上所有的戰鬥技能幾乎都派上用場了。

「小絲，做個山洞吧！」

法恩摸著一面看起來很堅硬的岩壁，這樣吩咐我。阿庫去準備砍幾棵樹回來做火堆；

而普拉去抓一些食物回來，雖然總是不知道抓回來的會是什麼。

「為什麼是我？」

我問著法恩，叫少女做這種事情會不會太無良。

「不然要誰？妳存在的價值不就是那詭異的破壞力嗎？」

法恩理所當然的說著。

「我的價值就那麼薄弱嗎？」

「如果當我女兒，我就幫妳做。」

法恩表情很認真的對我說。

「你離我遠一點，我自己來。」

要挖山洞必須要很大的集中力。要打出洞來，又要讓它不容易崩塌，要強力而具有破壞力的一擊。

「爆裂術！」我不斷用爆裂術開鑿著山壁，一邊注意著讓形狀保持完美的圓弧度，好讓支撐力更好一點。

「小絲，日後如果不當勇者，可以去當開鑿工人。」

法恩笑著跟我說。

「再怎麼說都輪不到這個職業吧！」

我挖了三公尺深，兩公尺寬，很完美。

法恩在我挖出來的山洞裡，用風之吹息把灰塵和石頭全部吹出去，並且在外面的地上和洞口設下了隱蔽用的魔法陣。

沒多久，阿庫扛著一棵樹回來，他嘴裡還含著一顆硬糖，那是曉琪送給他的一袋硬糖，好讓他在路上不會因爲低血糖倒下。

阿庫很快的將樹變成了木柴。在之前一人獨自的旅行時，我無法想像這樣有一群人陪著的快樂。那是一種很可怕的孤獨，你得自己打點所有事情。難過、生氣、高興，都沒有人跟你分享，在夜裡會覺得自己會不會就這樣沒人知道的消失了。

沒多久後，普拉扛著一隻熊回來了，今晚吃大餐。

「普拉，會不會吃太補啊？」法恩對著普拉說。

「這傢伙睡在山洞裡，好像很爽。我就把牠……你知道的。」

普拉一邊把熊放到一旁，一邊說著。

「你把牠推了？」法恩驚訝的對普拉說。

「你才把牠怎麼了，我是說掛了抓回來吃。」

普拉差點崩潰。男人，動不動就是這種爛玩笑。

「你還說，小絲妳知道嗎？這傢伙剛開始旅行的時候，曾經弄什麼回來。居然弄蟲啊！」

阿庫一臉受不了的說著。

「普拉，你敢弄蟲回來當晚餐，我就跟你翻臉。」

我很嚴肅的跟普拉說。

「以前跟師父旅行，我們很愛吃那個耶！那種蜜蟲很棒的，是你們不識貨。」

普拉很淡定的說。

大家開始分別準備剝熊皮，拿雪水做熊肉湯和烤熊肉之類的，剛開始這樣的日子好像很新鮮有趣，但是一個禮拜過後，只會讓人懷念軟綿綿的床和浴室廁所。

我們把抹好鹽巴的熊肉放在石板上面烤，一邊談天說笑，一邊喝著熊肉雪水加鹽煮的湯。

那張熊皮，就成爲我們睡覺最好的墊子了。

旅行久了就要找點樂子，但是不得不說，這年頭的盜賊難得有那麼有勇氣的，莫約十幾人，大搖大擺的站到了我們面前。

「抱歉喔！前面不給過喔！值錢的東西先留下來。」

帶頭一個高頭大馬的肌肉壯漢扛著巨劍，對著我們說。我看見法恩賤賤的笑容了，他八成又要幹什麼了。

「我們不給又怎麼樣呢？」

法恩非常故意的挑釁。

「那就請你們把命留下來。那邊的女孩可能先被我們疼愛一番再說。」

巨漢依舊把話講得很滿，還對著我露出非常噁心的笑容。

「所以你現在要搶劫全大陸最惡名昭彰的勇者團，然後還要對魔王的徒弟意謀不軌？」

法恩冷笑著。

「你們說是就是喔！誰知道你們是不是真的。」

壯漢只是虛張聲勢，他已經慌了，手下也開始面面相覷。

「那叔叔們要不要接我一招看看？」

我笑著跟他們說。

「看妳那個小粉拳，別說一招，十招也行。」

壯漢很得意的說著，法恩越笑越開心。普拉和阿庫在後面樹下坐著，一點也沒興趣的表情。

壯漢連站定的意思都沒有。畢竟我不是武鬥派的，不太知道該出多少力，我用以前打熊的力道揮拳出去，壯漢已經撞斷了一顆樹，出手好像太重了一點點。

其他人轉身想跑，不過已經被法恩的神聖枷鎖綁住了。

「你們這些人，吃那麼壯，還出來搶劫。我是不是該讓你們直接上去跟神明大人聊聊？」

法恩越鎖越緊，臉上的笑容也越來越討人厭。

我趕忙叫法恩放人，人死了就問不到他們財寶放哪去了。

在我們好不容易又盥洗一番，然後吃完大餐，把他們財寶拿光之後，就燒了他們老巢，然後繼續我們的旅途。

我們不太常遇到魔王城和盜賊，不過我們頗想遇到的，畢竟旅途中需要很多補給和休息的地方。有人主動來招待我們，我們是一定歡迎。可惜最近有些盜賊團，看到我們跟看到鬼差不多。

如果地圖沒錯，我想我們今天可以看到下一個城鎮，座落於魔王聯合工會附近。

城裡到處貼著我們的通緝令，法恩很迅速的叫大家變換服裝。我將黑袍脫掉，穿上了普通的農家女孩的連身褲服裝；法恩則是穿成學者風；阿庫很乾脆的換了一套衣服，看起來就跟普通的冒險者一樣了，只是這樣好像有點不搭調。

「普拉，你真的要換成那套？」

法恩用很認真的口氣說著，我一回頭看，差點沒把嘴裡的東西噴出來。

「爲什麼是女僕裝？給我去換掉。」

我推著普拉回去把衣服換了。

「女僕裝是男人的浪漫耶！」

普拉嘴裡還唸著。

「不是這種浪漫法！」

大家忍不住對普拉大罵。

遠遠的，我又看見你家旅館的招牌，一進去，我看見兩個熟悉的面孔。

「曉琪，妳們兩姐妹爲何又會出現在這邊。」

我目瞪口呆的看著又神祕出現的兩姐妹。

「這是祕密喔！」曉琪一邊裝可愛一邊跟我們打馬虎眼。

「這也太神奇了吧！」

明明是兩個城鎮的距離耶！這樣那邊的旅館怎辦？難道妳們連旅館都搬過來？

大家開始商議到底要怎樣才能潛入魔王聯合工會。

那邊戒備會比一般的魔王城更森嚴，必需要有一些手段才行，比如說舞會什麼的；或是一些什麼名堂，像是要入會的新興魔王，這好像是個好點子。

我將這個想法跟法恩說，法恩覺得可行，開始四處奔走找人幫忙弄文件。

「誰要當魔王？」阿庫問著。

「普拉怎樣?很沉穩，感覺不錯。」我提議。
「但是一開口就露餡了。」阿庫直接否決。
「阿庫呢?也很有模有樣的。」
「有魔王那麼容易低血糖的嗎?」
「藉口。」
「不然小絲妳來吧!」普拉提議。
「你們理智點，我才幾歲，怎麼看都太小吧!」
哪有人那麼小在當魔王的，說來說去最有架式的還是法恩了。
我們開始幫法恩買適合的服裝，品味要到位才行，要品味很差又要假裝自己好像很有威嚴很兇。
「又是我，我不要演魔王啦!」法恩抗拒的說。
「只剩你是看起來正常的大人了。乖，聽話。」我對著法恩說。
「你們真的是……我不想穿那個沒品味的衣服啦!」法恩抱怨著。
「只是頭骨頭盔加上骨頭披風而已，我還得戴面罩耶!」我安撫著法恩。

因為怕臉被認出來的關係，法恩得化妝上去，而我們則得戴上白色笑臉面具。

法恩交出去的魔王工會申請入會請求書，還要一段時間才能下來，於是我們在這座城裡閒晃。

因為老師的關係，魔王們紛紛達成了聯合對抗的協議，而貿易也更加的興盛，工業商業因為戰爭的關係，活絡了起來，但是也出現了更多失去父親的孩子們。老師啊！這是你要的世界嗎？我也問著自己。

但是不可否認，因為老師太強的關係，反而魔王之間的戰爭減少了。雖然無法完全遏止戰爭，但是卻減少了戰爭的產生。聽說被老師統治的國家也很有條理的治理著，所以其實有很多人想潛逃到老師的領土之內。

「那麼，你們的稱呼要叫啥？總不能都用本名吧！」法恩說。

「我要叫『黑之瞬』。」

阿庫首先發言，邊說還邊吃著章魚燒，怎麼感覺總在吃啊？

「我要叫『血色領域』，很帥吧！」

普拉很開心的接著說。

「太爛了，駁回。」法恩直接打槍。

「『灰色空間』呢？」普拉不死心又講一個。

「一樣爛。」

我一邊在路邊買烤玉米，一邊對普拉說。

「乾脆叫『絕對武力』，就這樣決定了。」法恩直接定案。

「不……各方面來說，不太妥當。」阿庫黑著臉說。

「上訴無效。」法恩鐵了心要定案。

「我要叫啥呢？『黑血』如何？」

我問著法恩，半開玩笑的說著。

「好像還不錯。」法恩同意。

「明明和『血色領域』同等級的，偏心啦！」普拉不甘願的抱怨著。

「因爲很可愛，所以可以。」法恩很淡定的說。

「直接擺明著偏心啊！」阿庫差點把嘴裡的飲料噴出來。

「可愛就是正義！」法恩很理所當然的說。

「那法恩呢？」我反問。

「絕世變態羅莉控魔王。」阿庫和普拉異口同聲說出來。

「就說我是女兒控不是羅莉控！」法恩很生氣的反駁。

「我要叫這個。」

法恩在他自己的筆記本上寫著『☆↙煞气☆藍光鏡↗☆』，他很自豪的展示出來。

「結果你的最幼稚！」普拉生氣的吐槽。

「而且這樣沒辦法稱呼。」阿庫很冷靜的駁回。

「超腹黑大魔王，就這樣決定了。」我直接定案。

「我聽不出差別啊！」

法恩依舊捧著他的名字哭喪著臉。

我們一邊聊一邊逛回旅館，接下來就等著大鬧聯合工會了。

「法恩，許可通過了喔！你們明天下午就過去。」

曉琪看到我們就先跟我們通知。

「效率太好了吧！」才不到半天時間耶！

「可能他們都沒事做吧！」曉雲在一旁搭腔著。

「明天就要出發囉！超腹黑大魔王。」

阿庫拍著他的肩膀說著，大家忍不住笑了出來，法恩滿臉無語問蒼天的表情。

魔王聯合工會，座落在郊外，腹地很廣，而且相當華麗。白色的建築物，一點也不像魔王聚集地。

一到門外，守門的獸人就擋住了我們。

「要進去，要看實力，先通過我們再說。」

他很輕蔑的笑了一笑。

「黑之瞬。不用客氣。」

法恩很有樣子的說著。

阿庫瞬間出刀，門外說話的獸人就變成了屍塊，另一個獸人馬上很客氣的幫我們開了門。

裡頭設備之豪華，讓人誤以爲闖進了皇宮裡，讓人有一股衝動，把這裡全毀了，不過要先找到記載老師所有資料的所在才行。

建築物的門自動的打開了，但是很明顯的有異常的魔力流動，我試探性的先丟了飫彈下去，果然一個一個陷阱自動出現了，飫彈無法傷到建築物，這棟房子本身也不簡單。

「果然不是省油的燈，要入我們聯合工會，也不是閒雜人等就能入。歡迎超腹黑大魔王進入魔王工會。」

一個穿著黑袍看起來不起眼的老頭出現了，老頭說完我們開始死命憋笑。

「感謝，不過這些客套話都免了吧！目前北方的魔王智恭，戰爭配置如何可以跟我們先展示一下嗎？」

法恩很快的想切入主題。

「先別急，先跟這幾位過招一下吧！法恩先生。」

老頭身後書記出現了。書記還笑容滿面的看著我們領著其他三個看起來也很強的對手。

「你們早就知道了嗎？」

法恩脫去他沒品味的魔王裝。

「我並不是想與你們爲敵，不過身爲聯合工會管理員，什麼都不做的放你們來去，也說不過去，總得做些什麼讓我能對其他人交代。」老頭冷笑著說。

「派一個軍團跟我們打，這果真叫做點什麼啊！」阿庫冷笑回應。

「這個人我來。」

我拿下面具半掩著臉，盯著書記看。書記倒是爽朗的揮了揮手對我微笑著。

「今天，我會全力以赴，無論生死。」我對著書記說。

「很好，這才是我想要的。」書記依舊笑著。

其他三個穿著黑法袍的劍士也對上了法恩他們，我無暇他顧。

書記用很快的速度將軍刀揮了過來，我用魔杖刀擋了下來。

「雷之一擊！」我將魔法灌入刀中，書記立刻把刀抽走。

我踏步揮刀，雷電也隨之衝出，書記反應不及，硬吃了這一下。

「好樣的，這才對。」

她卻好像沒事一樣的說著。

「闇火！」書記像是遊戲一般的學我揮劍，黑色的火直接逼了過來，我用袍子護住身體。老師的袍子，魔抗力居然那麼高，讓我有點驚訝，闇火在一瞬間消失了。

但是書記在我護住身體的時候也逼近了過來砍了一刀；我勉強用刀擋住，卻還是飛出去了，直接飛了出去撞到了書櫃。這跟被阿爾打飛比起來不算什麼，我起身站了起來。

「空裂斬！」我揮刀向書記而去，書記如我預料的閃開來了。我趁勢逼進，「燄彈！」全力的燄彈近距離十連發，書記硬擋了下來。

但是她嘴角帶著微笑，這是陷阱！我發現的時候，書記已經刺向我的心窩。

「怎……怎麼刺不進去？」

書記大惑不解，她不知道我身上穿著龍甲。

「雷神之怒！」

我對她使出了召換系雷擊法術，她狠狠的吃下了我一招，但是居然還有力氣刺傷我的手臂。

「妳身上居然還有這種高級護甲，妳這小女孩的裝備真犯規。」

書記吃下了兩招無法再快速的攻擊過來，只得一邊退一邊跟我抱怨。

「一個小孩在外地闖蕩，總得有些手段，不然怎麼跟妳這種怪物打。」

我也快速的稍微爲自己詠唱治癒術，雖然不能治療好，但是止血倒是沒有問題。

「混蛋！」

普拉突然飛了過來，直接將書記撞倒。

「普拉，你跑錯地方了。」

我突然覺得那個景象很好笑。

「囉嗦！我知道啦！」

普拉遇見了一個速度很快的大塊頭，似乎是一場苦戰；阿庫和他的對手一動也不動，比的是瞬間的爆發力；法恩則是很愉悅的邊逃邊丟一些魔法道具攻擊對手，法恩的對手可能是最可憐的。

「這樣好嗎？有機會卻不給我致命一擊。」

書記好不容易起身對我說。

「雖然不想承認，但是我也需要一些休息時間。」

我笑著跟書記說，此時，我有種生命什麼的再也不重要，我只是享受著戰鬥而已的感覺。

「妳果然也是戰鬥的瘋子，跟妳的老師一樣。」

書記說著，臉上帶著瘋狂的微笑。

「多年前跟妳的老師一起打過仗。此後我就一直追尋著，那種生死邊緣的戰鬥，直到遇見了妳，我再度有了哪種感覺。」

她笑得越來越開心。雖然很想追問老師的事情，但是現在顯然時間並不太對。

我默默的把黑袍和龍甲脫了下來，書記看到後也將她的軍外衣脫掉，果然她的軍外衣也不是普通貨。

「來吧！一決勝負！」

我和她同時說著。我和她手上都集了燄彈，兩人同時丟出之後，衝了過去，爆裂讓我稍微閃了神。

書記刺擊過來，我勉強躲過，但是角度不好揮刀，只好用受傷的手再次使用電擊；書記則是給了我受傷的肩膀一拳，我也順勢給了她一個迴旋踢。

書記很快的爬了起來衝刺到我的懷裡，給了我肚子一記重拳；我在落下的時後用力的刺了她的手臂，再度猛力揮刀攻擊她，書記手扶著軍刀擋了下來。

我看見她露出了得意的笑容。

「千來！」我被她相當快速的刀不斷來回砍傷，忍不住跪了下去。她好像很得意的要說些什麼，我猛力起身將刀刺進她的腹部，她將我踹開來。

兩個人都勉強的再度拉遠，遍體鱗傷，毫無續戰力的兩人。

只有最後的一擊了，我拿出懷中一顆寶石。阿爾，這時候，可以用了吧！

「黑暗的火光啊！邪惡的靈魂啊！燃燒吧！以黑炎神伊卡特之名。闇火球！」

「偉大的龍神，阿爾薩斯，我呼喚您的名諱，請您用您的力量，擊倒一切吧！龍王咆嘯彈！」

寶石在我手中消散。

是的，就這就是使用龍魔法的代價，龍之石。

她的闇火球被我的龍王咆嘯彈所抵銷，並且擊中了她，但是她依舊爬了起來，環顧四周後說：「小妹妹，我日後再來跟妳打，大姐姐下次就會更認真跟妳玩哦！對了，龍魔法不要隨便對人使用哦！會有很多麻煩的。」

她用若無其事的微笑對著我說，然後快速的消失了。她還沒認真打嗎？我有點挫敗的感覺。

「小絲，妳什麼時候學會龍魔法了？」

法恩踩著對手的屍體問我。

「我沒說過，我的老朋友是條龍嗎？不過使用上有很多麻煩和限制，我盡量不用。」

我笑著跟他們說。我忍不住傷口的疼痛坐了下來，法恩也過來幫我治療。

「你們打真久。」

阿庫說著。他的對手已經變成兩半了，阿庫自己也受了不小的傷，勝負的瞬間，就只差一點點啊！

我也看到，普拉的對手已經變成一塊一塊的了。

「我就說沒問題的吧！不過那傢伙逼我使出濮殺迴六連，真的得說他強。」

看得出來普拉其實也是遍體鱗傷。

「這樣看來法恩最快樂，你的對手根本是被你那些道具玩死的。」我笑著跟法恩說。

「我才不像你們，偏要搞得自己遍體鱗傷，你老師的位置我也確定好了。隨時可以上路，不過遠了點倒是真的。」

「可惡的傢伙，我用了那麼多錢僱用她，居然這樣就跑了。沒關係！我還有人，今天絕對不讓你們走出去！」

那個老頭從別的房間衝了出來。

我想他真的沒搞清楚狀況，所謂「受傷的狼還是比狗強」，何況我們還有三個狀況不算太差的大白痴，我開始重新備戰。

但是感覺上，其實對方手下的士氣並不高，或者該說，他們剛才早已被嚇到，他們不過幾十人。而剛剛戰鬥，是對上幾千人的實力，他們並非笨蛋，還是知道所謂實力差距多少。

「你們是要來送死？還是幫我們處理掉這老頭？我們看你們的誠意。」

法恩一邊笑一邊對著還在猶豫的眾人說道。

幾秒內，老頭被人浪淹沒了，人潮又散去之時，普拉將我的眼睛蒙上。

打開之時，人都散去了，整棟樓，空空蕩蕩的。突然湧現一種寂寥感，也不見老頭的屍體，我想可能死狀很難看，所以其他人直接處理掉了吧！

「我要先回去跟曉雲姐姐撒嬌幾天再說。」

我勉強的移動自己的身體說。普拉直接將我抱了起來。

「今天就當我們一天的公主吧！小絲殿下。」

阿庫笑著跟我說，我反而不知道要說什麼只得傻笑。

我回頭看了看，魔王聯合工會幾乎半毀，感覺跟廢墟沒兩樣。

7 為什麼我身邊都是變態

我就這樣被抱到了旅館，這種感覺，不如死了算了，太難爲情了。

「要鋪雙人床嗎？」

曉琪看到普拉抱著我，在櫃台若無其事的說著。

「不需要！」我非常強烈的反駁了這個建議。

「怎麼又傷成這樣？真是的。」曉雲急忙將我抱了過去，準備治療我的傷口，我乖乖的躺在她身上撒著嬌。

聽說從那場戰鬥過後，我們幾個也多了稱號。

「慈悲的破壞者」——薩提絲。

「比夜更黑」——法恩。

「有時限的惡魔」——阿庫。

「極致武學」——普拉。

不過我實在覺得，已經有點誇張了吧！怎麼講得好像我只會搞破壞啊！

「妳有做過破壞以外的事情嗎？」法恩直接問我。

「……」我的確回答不了，我想不出來我有做過破壞以外的事情。

「至少他不是說『比魔王更像魔王』。」

普拉說著，不過說真的，我比較喜歡那個稱號。

「我的比較奇怪吧！比夜更黑是什麼啦！」

法恩不滿的抱怨，我倒是覺得滿合適的。

「當然是說心啊！」三人異口同聲的說。

「我這叫謀略！」法恩不滿的反駁。

「喔！是喔！」阿庫一邊說，一邊吃著東西。

「那接下來呢？我們要去哪裡？」我一邊大口嚼著肉，一邊問法恩。

「有兩個提案。比較快的是，直接穿過戰場，前往北方的魔王城，但是要想辦法穿越雙方軍隊；另一種方法，我們繞繞路，從群山中繞過去。」

法恩給了我們兩個提案去選。

「這好難選，不想繞路又不想跟魔王軍直接衝突。」阿庫抱怨著。

「的確。不過，我想繞路比較好吧！我們沒必要正面衝突，我們只是要扳倒智恭老師而已。」我對大家說道，大家也默默的點了點頭。

「那麼，我們可以拜託你們一件事情嗎？」曉琪和曉雲姐妹，突然過來對我們提出要求，曉雲默默的放下了她手上的餐盤。

「怎麼了嗎？」法恩問著。

「我們兩姐妹，其實是受了西北方山上一個魔法師的詛咒，我們不能講出詛咒的內容，於是一直尋找勇者幫我們解除詛咒。」

曉雲一邊喝酒一邊解釋著。

「沒問題，包在我身上吧！只要是曉雲的事情，一定會幫忙到底，把那邪惡的魔法師打倒，恢復妳們以往更美麗的容貌。」

普拉握著曉雲的手如此說。

「我們兩姐妹一直都長這樣！」曉雲把普拉摔了出去。

「所以妳們不能說出詛咒內容？」阿庫問著曉琪。

「是的。」曉琪笑咪咪的回答。

「所以那不是表露在外面的？」法恩問了曉琪。

「沒錯。」曉琪依舊簡短的回答。

「所以妳們一直用某種方法，在各地分店跟著我們？」

法恩一語說到了我們最疑惑的事情。

「嗯！目前所有能拜託的人看來，你們最有希望能幫我們解決，當然也不會讓你們白跑一趟，相當程度的報酬也會有的。」

曉琪說完，抿嘴笑了一下。

「那好吧！我們去處理這件事情，我們一定會幫妳們解決的。曉雲小姐，請安心等我回來。」

普拉熱血的說著，而其他人滿臉就是順便去處理一下的表情。

休息了幾天過後，我們又要開始旅程了。

我們估計要從西北方的山脈穿過去，然後去會一會那位魔法師，然後到山下的旅館和曉琪她們會合，再來就穿過邊境到達智恭老師的國境內了。

隔天早上，我們根據曉琪給我們的情報往上走，北方的山和南方完全不同，光是氣候的嚴酷，就足以殺人了，而食物的稀少，讓魔物更加殘暴。

從上了山，雪狼群就在遠方慢慢的等待著，伺機著要攻擊我們，但是大家都在抵抗嚴酷的氣候，沒有心情理牠們，這樣的氣候真的會有什麼邪惡魔法師嗎？我自己都懷疑了起來，不過現在我比較想喝碗熱湯，雪狼湯會不會是好選擇啊？我一邊這樣幻想著。

這時候我開始後悔，乾脆直接從正面闖過去算了，直接跟兩方軍隊打一架。這樣好像也不對，這樣的話，我還得跟老師的部下打，打到來，我都往生了。我還是乖乖爬雪山比較好，但是，實在冷到不像話。

「阿哈哈！女僕小姐別這樣。對啊！湯好好喝哦！」

我一回頭已經看到普拉躺在雪地上在說夢話了。

「給我起來！睡著就死定了！」

我給了普拉幾拳，然後塞了甜食給他。

「這裡一定是甜食王國的入口，甜食王國我來了。」

阿庫對著懸崖不斷走去，本來就低血糖的人，來雪山之後，症狀更糟糕了，法恩正在死命的把他拖回來。

「給我回來啊！別真的給我跳下去啊！」

法恩死命的想扁醒阿庫，我怎麼覺得比較像要殺了他啊！

還好我發現了個山洞，於是和法恩將沒用的兩人拖去休息，用積雪硬煮了一鍋熱水給那兩個沒用的人喝，也順便補充體力。這趟旅程真的一閃神就死了，比起跟人戰鬥，自然才是最難打倒的。

「法恩，在冬天動身是不是很不明智的選擇呢？」

我在火堆旁問著法恩。

「難說，冬天是很難移動沒錯，但是冬天敵人防備也會是最低的。前幾天我看著魔王聯合軍和智恭的軍隊戰線，幾乎是不移動狀態。冬天是最好突擊的時間點啊！」

「我們還有個魔法師要處理，曉琪說會有一個很顯眼的建築物，大雪紛飛，要怎麼找啊！」

我對著其他人說，大家正吃著曉雲做的高熱量乾糧。

「聽說很顯眼，還說旅人一定會遇上。或許是用什麼魔法吸引旅人吧！既然那麼說，那走就對囉！」

普拉依舊沒煩沒惱的說著。

姑且這樣吧！其實我們也沒其他辦法，只能這樣想了。正熬著要度過今夜，卻發現有股香味不斷飄了過來，一陣食物的香味，三個笨蛋也聞到了，三人根本是恍神的飄了過去。

我將三個人踹醒，一行人循著香味找尋著來源，果真一棟大洋房出現在不遠處。一棟不小的房屋聳立在我們的面前，幾乎可以說是挑釁，好像在說，我就是這樣可疑哦！超可疑的哦！讓人感覺更該進去了。感覺像是糖果屋的故事一樣，外表華美而溫暖的地方，卻建在雪山上面，很可疑又很迷人。多棒啊！像是要招待我們去玩一樣。

至少現在不會無聊了，我這樣告訴自己。我們敲著可疑房屋的門，門自動的打開了，溫暖而一片黑暗的室內，有種詭異的恐怖感，房屋裡一間一間的房間，一道深遠的長廊不斷縱橫交錯著。

「現在，該怎辦？」普拉問著，氣溫回升讓我們這些南方孩子腦袋回神不少。

「一間一間搜刮囉！」

法恩回答著，很有我們一向的風格。

於是我們開始一間一間踹開來看，幾乎都是很普通而積滿灰塵的套房。我們在裡頭悠悠哉哉的到處亂摸，沒人急著想找到老大，但是裡面也沒什麼寶物，反而讓我們想隨便找張床躺下來。

「我們這樣都不去找這棟房子的主人可以嗎？」

阿庫雖然這樣說，卻抱著棉被滾來滾去，一點也不像要去找的樣子。

「是該動身了，不過還是等一下好了，好懶哦！」

普拉也懶洋洋的躺在另一邊。

「這一定是某種詭異的魔法導致的。我無法掙脫了，我不行了，我要睡著了。」

法恩這樣說，一副要睡著的樣子。

「你們根本是想偷懶而已吧！起來啦！」我踹著他們。

「妳自己先從床上爬起來再說。」

阿庫說著。是的，我自己也窩在床上不想爬起來。

「第一次看到這麼沒毅力的勇者團。」

我在床上自己默默的說著。法恩從床上爬起將門反鎖，又用了椅子擋住，然後大家各自找了一個地方準備睡大覺。

「小絲，我們這樣睡大覺，沒問題嗎？」阿庫似乎有點不安心。

「我們真的闖過去才是中計吧！因爲我們每個人都已經被雪山累到了極限。而在剛剛我們鬧這麼一陣都沒人襲擊的狀況下來說，我想後面也不太會有人襲擊了。我們先休息，輪流站崗，明天再來找這房子的主人。」

我這樣跟阿庫講著，阿庫表示他當第一個守夜的人。

我躺在床上，半醒半睡著，以前老師就教過如何在野外可以保持清醒又能好好稍微休息的冥想法；普拉很大方的睡了下去，打呼聲之大，根本吵死人；法恩則是大大方方躺在地板上睡，這是另一種警戒法，如果有人走過來，那麼法恩會感覺到。

不出所料，在幾個小時後，門外出現了準備開鎖的聲音，阿庫立刻清醒過來，法恩也做了手勢表示別輕舉妄動，我慢慢的摸下床拿起了魔杖刀。門外的撞擊聲開始大了起來，過了一陣之後，又停止下來，如此不斷反覆著，然後突然間全部安靜了下來，沒有任何聲音，一片的死寂，然後傳出更大的撞擊聲。我無法想像門外的怪物有多大，我示意叫法恩和阿庫退回來，順便把普拉踹醒。大約半個小時後，門被撞開了。

若非我親眼所見，我想我這輩子都不會相信有這樣的事情。一個面容姣好的女子，頭被接在一隻熊身上，而她的頭部，很明顯被人打開過，並且搞得一塌糊塗，所以變得只會流著口水，看著我們。順帶一提，剛剛這個讓我全身毛骨悚然的怪熊，是用燄彈把門轟開的。

我看著法恩以及其他人的表情，我得說，沒比我好哪去。厭惡、絕望、無法理解、不知所措、嫌棄。這是哪個次元的爛笑話，我腦中一片混亂。熊爪向著阿庫抓去，阿庫用他的騎士劍擋了下來。

我舉起了手指。「冰彈！」我給了怪熊的腳下冰彈十連發，我們在怪熊無法移動的時候，逃了出去。我們都有共同的感覺，不想跟那種似人非人的生物戰鬥。

不過事情似乎永遠不會那麼簡單，怎麼可能只有一隻呢？

「大家注意，怪物不可能只有一隻，提高警戒！」

法恩試圖提高大家的戰鬥意識，我們在一個又一個交錯的走廊間，小心翼翼的移動著。

兩面都傳出了大量的腳步聲。

「法恩，你跟我想的一樣嗎？」我問著法恩。

「我想，是的。事情比我們想像的更糟糕。」法恩寒著臉說。

「狂走狼小隊！殺吧！」

突然間，阿庫擅自的把我們團名更改後喊了出來，我們像是被什麼振奮了起來。

「殺——」我們喊出了最大的聲音，四周的怪物有點被我們的氣勢壓倒。湧來的怪物幾乎都是東接西拼的，從小女孩和老虎的，到男人和猴子的，噁心到了極點。

我們像是瘋了一樣的斬殺，將四面八方的怪物砍倒，像是狼一樣露出了獠牙。血不斷的淋濕我們的身體，屍體不斷的在走廊累積起來，我慢慢分不清是身上的血，是自己的還是他們的，就連臉上流下的是淚水還是血水都已分不清。

最後，剩下一個有著小女孩頭的怪物。小女孩接近了，我卻無法動作，那純真的眼神，讓我下不了手。

阿庫衝了過來，準備擋下怪物的攻擊。而小女孩卻沒有進一步的動作，而是將頭靠上了劍，眼睜睜的看著我們。阿庫送了小女孩最後一程，而我幾乎已經泣不成聲。

「爲什麼要做這種事情？」我憤怒的哭喊著。

走廊的盡頭有著燈光，我們衝了過去，而大書房裡頭，站著一個看起來很帥氣的魔法師，他像沒事一樣放下了書本。

「我沒想到你們有辦法來到這裡，我想這是多年以來，第一次。」

他慢慢的闔上了書本。他一副若無其事的樣子，反而讓我火大。

「比黑夜更深的怨恨，比太陽更火紅的憤怒。我以遠古的魔神阿拉絲特之名，予以神罰。滅空破！」

我不想多說什麼，詛咒這種東西，將施法者殺了也能解除。

但是他只是輕輕的揮動了手，將我的滅空破化爲無形。

「照妳這年紀的孩子來說，妳的魔法算還不錯。」

他還是穩穩的坐在位子上，笑著。

我無法思考，我的魔法在他面前好像兒戲。他又開始揮動手臂，阿庫上前擋住他的手，法恩將我拖走。三人都被震飛撞上了書櫃，普拉貼近了過去，用幾乎看不到的動作攻擊著魔法師。但是魔法師卻很輕鬆的閃過了，一個揮手，普拉也被打飛了。

原來，這才是所謂的絕望。我們連反抗都會猶豫，實力的差距，令我們什麼也做不了。悔恨有什麼用，我恨不得殺了眼前的人，但是我卻辦不到。

「你是……你是馬克羅斯！當初被稱爲天才魔法師的人！」法恩突然大叫。

「我好像有過那個名字。」他很淡然的說著。

「在五十年前，因爲生物改造而被世界放逐的人。」

我想起書本上所介紹的內容。但是距離現在，已經有五十年的時間，他怎麼可能還像是以前一樣的樣貌。

「好了，我不想跟現在的你們打。你們說爲何而來吧！」

他慢慢的坐下，滿臉笑容的看著我們。

「有對叫曉雲和曉琪的姐妹，被你詛咒了。至少，讓她們恢復原樣。」我對他請求著。

「我看看……喔！那好解決。」他如此說完，然後默唸了幾句。

「好了，這裡我已經沒有興趣，就隨你們處置吧！原諒我不招待各位了。」他說完就消失了，只留下了滿桌食物。我們在原地悔恨著，我們實力還不夠嗎？

「好了，來吃東西吧！」

普拉對我們說著，嘴裡已經是滿滿食物。

「你都不怕有圈套喔！」

法恩對著普拉大叫。

「他有必要嗎？他可是揮手就能把我們打敗的人耶！」

普拉吃著食物，似乎沒有毒。

大家也因爲疲憊的關係，開始大吃大喝了起來。

「雖然打不過，但我還是無法原諒他，究竟他爲了什麼這樣玩弄人的生命。」

我一邊大嚼著他給的食物，一邊說著。

「傳說很多，但是沒人知道真正原因。他不是魔王，但是比魔王更可怕。我很慶幸我們不是現在要跟他打。」

法恩說完，撐著頭發呆。

「那我們還是繼續討伐智恭囉？」

阿庫沉默了很久，終於說話。

「嗯！我們只能希望智恭沒有強成這樣。」

法恩這樣說著。

「我們要定名成狂走狼小隊嗎？」普拉問著。

「沒意見，不過聽起來很像瘋狂動物之類的東西。」阿庫笑著說。

「那是你取的吧！自己取名字自己嫌棄哦！」我這樣跟阿庫說。

「總之，名字怎樣取都好吧！不過馬克羅斯，也列入我們日後討伐對象，有意見嗎？」

法恩對著大家問道。

「沒有。」大家都沒有意見。

「那麼，吃飽飯了。該來好好逛逛這間人房子了。」大家準備開始動身。

房子很大，但是很空曠，裡頭放著大量的實驗文獻，我和法恩瀏覽許久才發現，他不止於嘗試生物魔法改造，他甚至嘗試著死者復甦。

在他的研究裡，重現惡靈軍團根本不是問題，若是這些研究讓其他人拿到，後果不堪設想。我和法恩猶豫了很久，該如此大膽的冒犯他老兄燒掉這些書嗎？我們最後決定姑且先放著，頂多離去前再燒。

當個毫無品格的勇者就是有這個好處，公理正義先放一邊，先思考自己安全問題比較重要。我們東看西看，除了有幾間好像父母和孩子的起居室絲毫沒有變動之外，就只剩剛剛的書房比較有看頭了。

「你們不覺得這種地方該會有地下室嗎？」

阿庫說著。的確這種地方有地下室是很正常的，但是該從哪裡入手找起呢？這是個大問題。

我們找了老半天，沒有找到任何機關。在一個諾大的房子裡找機關，本就不是簡單的事情，更別提是個實力深不見底大魔法師的老家，能活著達成任務本身就是個奇蹟了。

「找到了！你們看這裡。」法恩突然大喊著。

「真有你的，真的找到了啊？」

我對著法恩傻眼說道。

「妳自己看啊！血流的痕跡。」

法恩指著牆邊的血跡。血流的痕跡，透過了牆壁流了下去，這代表著後面還有路。我們摸了一會終於摸到機關，後方果真有一排的樓梯，但是傳來了異常的臭味。

在地下室，是一種又一種關在籠子裡的改造生物，全都因爲沒吃東西而生命垂危。就如同他所說的，他沒興趣了，所有被魔改的怪物，連咆嘯的力氣都沒有，黑暗深幽的地下室，飄著濃濃的屍臭。我不知道這些動物和人是哪裡來的，但是在戰火連天的世界裡，要做到並不難。

我稍微看了一下器具，他是透過魔法將各種生物的肢體做連接，好讓生物在肉體以及魔法上更加強大，但是那已經不能算是生物了，爲了好控制，他連腦都改造過了。

還好他並沒有用在戰爭上面，至少，我們應該是世界上第一個看見這些事情的人。究竟他不斷研究戰爭用的各種實驗，爲的是什麼？如果不是爲了現在的戰爭本身的話。

我和法恩順便炸了地下室，包涵所有他的道具。但是我不懂，剛剛那些活蹦亂跳的傢伙們，是哪裡來的？既然地下室的都快死光了，那我們稍早殺掉那些是什麼？還是其實牠們會攻擊我們是因爲餓瘋了？

我不想再想下去，我不懂那傢伙的想法，但是我不想讓他繼續下去。

我們穿好了衣服，開始準備下山，大家滿臉不甘願。

「我可以住在這邊嗎？」

普拉說著，一邊耍賴窩在椅子上。

「你想死嗎？」法恩拖著普拉的腳往外走。

至於洋房，我們依舊留在原地。不是我們不想燒掉，而是怎樣都打不掉。這棟房子，可能是世界上最安全的地方，哪天世界毀滅我想我會考慮到這裡來住。

我們轉身離開之後，房子就消失了，只剩下下山的一小段路和身後的雪山。

我們經過了戰爭之後的村莊，我好像看見那些被雪掩埋的殘骸以往的平靜生活，如今只剩下屍體與戰爭遺孤冷死一旁的情景。我們佇立許久，無法移動任何一步，我們感受著每一棟房屋，每一個屍體中的故事。

我看見死去的父母依舊抱著兒女；在房屋裡包裝好卻已經殘破的禮物；在牆中的孩子畫像，這些都慢慢的覆蓋在雪中，有如所有歷史過往一樣。我不禁想問：「老師，所謂正義。當真要如此犧牲？」

我們看著雪覆蓋村莊，像是參加了一場大型而無聲的葬禮。這場葬禮不只是給這村莊的人，而是給這些戰爭中犧牲的人，以及被改造的那群人們。當人們遺忘，戰爭其實是屍體堆砌起來的時候，戰爭就成了一種理所當然的事情。

我們回頭準備去尋找曉琪姐妹覆命，我們走向戰線以西而去，那邊還沒和魔王們的戰爭扯上關係，聽說只是普通的城市。

在要脫離邊界的時候，出現了一群孩子。

「搶……搶劫！把身上的東西交出來。」

帶頭幾個比較大的孩子拿著短棒還在發著抖，而身後還有四五個抱著娃娃的小小孩。他們在寒冬中穿著僅有的短衣，瘦弱的身子，不知道已經餓了多久。心中滿滿的不捨，我才大他們沒多少，卻有多麼的幸福。我伸手想摸摸這些孩子們，一個抱著娃娃的孩子卻衝了過來，攔在我的面前。

「不……不要打我哥哥。」

孩子眼神中的驚恐，不知道受了多少驚嚇，我再也止不住自己的淚水和歉意。

「對不起，都是我們這些大人害你變成這樣的。對……不……起。」

我抱著孩子痛哭了許久，孩子們故作堅強的淚水也開始滑落。

「小絲，別自責了，妳也大他們沒多少，沒必要擔負這些責任。我們只能儘快結束這場戰爭。」

法恩拍著我的肩膀安慰，一邊示意普拉去弄點吃的，而阿庫在不遠處找到了一間小茅草屋，似乎是他們這陣子以來所待的地方。

我們簡單的煮了一些獸肉和乾糧所做的湯。孩子們顧不得熱，急忙的吃著。

「法恩，我想把他們託付給曉琪。」我對著法恩說。

「我們能做多少？小絲，這個世道，到處都是孤兒啊！」

法恩無力的回答，我明白他的無奈。

「至少這些孩子遇見了我們，我們不能棄之不顧。」

普拉也說著，一邊摸著一旁小小孩的頭，而阿庫忙著爲孩子們繼續添飯。

「大姐姐，謝謝妳。這是我們這半個月來，第一次吃到飯。」

一個孩子抱著娃娃往我懷裡蹭。我從來不知道我那麼愛哭，這兩天哭了好幾次，這一點也不像我。

他們都是在之前戰爭中，父母用身體保護下來的孩子們。戰線推進之後，他們流離失所，還被軍隊的人抓去當幫傭，每天過著，犯錯就會死的日子。一個跟我不錯的大孩子對我述說他們的過往。

孩子說得很簡短，但是我好像能想像那個狀況。於是他們趁著某天夜裡軍隊守衛喝醉的日子，逃了出來。

我想曉琪也需要一些可以幫忙的人吧！或是有些地方需要學徒什麼的，都比讓他們在這邊好。我們抱著或是牽著孩子們，孩子們也默默的跟著我們走，沒喊過苦或累。或許對他們而言，他們早已經經過最苦最累的時候了。

到了村莊，曉琪的旅館招牌依舊顯眼。

「你們一晃眼就生了那麼多孩子啊！真是厲害。」

曉琪一邊講一邊用眼神對曉雲示意。

「曉琪姐，我有個請求……」

我正要開口，曉琪打斷了我的話。

「我知道，我說過會給你們一個報酬。我們各地都有旅館，也缺人手，這些孩子會跟著我們。曉雲去弄衣服和洗澡水了。你們辛苦了，不過……」

她說到一半，很專注的看著我。

「下不爲例。」曉琪說完又笑了一下。

孩子們在曉雲的催促下，紛紛去洗澡換衣服，每一個乖的跟貓一樣。他們眼神中不時浮現的驚恐，不知道什麼時候才會消逝。

我們閒坐下來準備休息，各自放了行李回到大廳。

法恩去幫曉雲的忙；而阿庫又去找食物吃了；普拉也去修理他的寶貝劍。

我們回到了輕鬆的日常，雖然接下來的戰鬥，我們根本不知道會是生是死。

我也不曉得自己什麼時候開始習慣，那三個笨蛋和同樣的旅館房間。曉琪總是好像能知道我們什麼時候回來一樣，準備好同樣的床鋪和房間。法恩總是有他最愛的新書；阿庫總是有好吃的甜食；普拉總是有著新的武鬥師以及武術情報，而我總有漂亮的新衣服和盥洗用具。同樣不變的兩人，帶著笑容在旅館前迎接著，像是我另一個家。但是，我們終究是，瘋狂在世界上暴走的狼群。

「話說回來，妳們的詛咒到底是什麼？」

法恩抓著頭對著曉琪問，兩隻手上還掛著洗完澡的小鬼頭。普拉也和小鬼玩成一團，倒是沒人想接近阿庫。

「喔！姐姐恢復成老公啦！」

曉琪若無其事的說出令人驚恐的話來。

「給我等等！」普拉聽完，一點也無法接受，我傻在原地。

「所以說，你是……公的？」阿庫瞪大眼睛看著曉琪。

「公的，男的，有把的。除了長得太可愛，一樣都沒少。」

曉琪笑咪咪的對我們說。

「所以曉雲是你的……」普拉臉色慘白。

「老婆呦！」

曉琪一邊講一邊對我們裝可愛。

「我不能接受！」

普拉一邊慘叫，一邊往外跑去。我不是不能理解他的感受啦！只能算他衰。

「等等，那傢伙就對妳做這個？」

我看著曉琪說道，畢竟我看過馬克羅斯的改造，沒道理那麼客氣。

「喔！他對我做這件事情的時候，他還是個普通魔法師。那時候我們還是夥伴，我對他開玩笑說，能把我變成女人嗎？結果他就做了。沒多久，他被放逐，我就再也找不到他；而找到之後，又打不過。」曉琪若無其事的說著。

「那幹嘛曉雲都叫你姐姐？」法恩問著。

「她喜歡這樣叫我。」他理所當然的回答。

「最後一個問題，你幾歲？」

阿庫問了最不該問的話。

「小鬼，你想死嗎？」

曉琪又笑著說出了可怕的話來，他的表情相當的認真。

現在這個城市已經算貼近了魔王城的邊緣，但是依照曉琪的情報，裡頭只有被監視的工人們和魔王軍，相當難靠近。我們每天都到魔王城的遠方看著裡面的動向，不斷找尋突破點，狂走狼們雖然瘋狂，但是不是無智。

那些小鬼頭們，曉雲也開始訓練了。比較大的幾個女孩和男孩，穿上了管家服以及女僕裝，在外面負責接待。而幾個比較小的，輪班負責整理房間。孩子們相當努力，只要有吃有住就開心的像什麼一樣，我還記得他們第一次看到床的表情，像是到了什麼天堂一樣，不斷的問曉雲：「真的可以嗎？真的可以嗎？」

阿庫雖然總是說自己討厭人類，卻還是常常帶些糖果零食給孩子們；普拉總是像個大小孩陪著孩子玩；法恩常常教導孩子們一些東西。

我們，是在安撫自己的罪惡感嗎？我如此問自己。曉琪在櫃台撐著臉，笑著跟我說：「我們培養的，是我們的未來。」

是啊！這是未來。

曉琪跟我說：「我打算挑選一兩個比較聰明的孩子出來經營旅館，讓他們賺取自己的生活費；而其他人，我並不打算限制他們的未來，就算他們要當勇者，也沒關係。」

「別把勇者講得那麼不堪吧！我們好歹都是正義之士。」

我這樣回應著，在這悠閒的開戰前午後。

「誰叫他們的養父母是大陸上第一的勇者，而且還很沒節操。」

曉琪笑著戳我的臉。

「是啊！真對不起，我們很沒節操。」

我沒好氣的說著。

「所謂的我們也包括我和曉雲哦！我和曉雲也是他們的養父母哦！」

曉琪喝了口酒，笑著對我說。我有點感動，但是也不知道該說什麼，於是靜默了一會。

「但是，曉琪。我有點擔憂，打敗了老師又如何？世界依舊不會改變啊！」

我又繼續跟曉琪說道。

「不一定哦！我已經聽說大後方不少魔王都不想玩魔王遊戲了，而中天大陸也出現了一兩個勇者團，雖然實力跟你們比還差得遠。」

曉琪回頭笑著跟我說，又啜了一口酒。

「那麼，我們扳倒了目前最強魔王，並且請你們放出討伐宣言就能嚇唬得了那些魔王嗎？」

我抱著一個休息中的小女孩玩飛高高的遊戲。

「至少能嚇倒大部分。」

曉琪說完又回頭去招待客人。一個孩子闖了禍，打破了餐盤，神情像是做了什麼天大的壞事，而其他幾個孩子立刻跪地幫他求饒，彷彿是怕被嚴厲的處罰。

「有沒有受傷？沒事吧？你們跪著幹嘛？快去弄新菜給客人啊！記得要清掃，還有加個小菜給客人當招待喔！」

曉雲用雖然不是非常溫柔卻非常平淡的口氣說著，他們慌慌張張的動了起來。

這平淡的小日子真會讓人上癮。

「莉卡，姐姐有點事情，先下來一下。」我對莉卡說。

「好，小絲馬麻。」

她滿臉天真的回應。等等我才十三歲，叫誰馬麻來著？

「莉卡，誰教妳那麼叫的？」

我盡量保持微笑問她。

「曉琪姐姐。」

她指著曉琪說道。好啊！我叫馬麻，你就叫姐姐。還有，你是葛格吧！

「曉琪！」

我對曉琪大叫，曉琪像是知道被發現了躲在曉雲的後面。

和平的日子，真的會讓人懶散。

我走去法恩的身邊，法恩也停止了回答另外幾個比較好學的孩子問題。

「怎麼進去，有頭緒了嗎？」我問著。

「不行，目前還找不到突破點，除非我們硬闖。」

法恩無奈的說著。

「那我們再等等吧！」

其實這樣的日子很讓人急躁，像是有魚刺哽在喉嚨裡一樣，你明知道你的目標就在那邊，但是你卻卡著不能動彈。

我正準備回房間的時候，均容站在門外，她似乎正等著我，她是孩子裡面最大的，跟我同年紀。

「小絲姐，我知道你們要打魔王城，我是來跟妳說一個消息的。」

她看到我就過來急忙要跟我說，好像是什麼重要的事情。

「難道妳知道些什麼？」我這樣問著她。

「我在軍隊的時候，有聽一位軍官抱怨說，魔王在每年的十二月十號，一定會全部停止行動，那天稱爲殤日。魔王城內部，都會停止行動。」

「均容，妳給了我一個很重要的情報。」我拍了拍她肩膀，稱讚著。

在我要離開的時候，均容像是下定決心一樣跟我說。

「小絲姐，我以後也要跟妳一樣，成爲勇者。」

她很堅定的對我說，我笑了笑摸著她的頭。

「均容，妳還不懂。勇者的生活，每天都在死亡邊緣遊走。」

我對著均容說。

「可以答應我照顧好弟妹們嗎?就當是我一生的請託，我每天都要到各地出生入死。

如果妳也走了，誰幫我照顧這些弟弟妹妹們呢？」

我這樣跟她說。

「我答應妳，不過一定要回來看我們，不准死哦！這也是我一生的請託。」

均容很認真的對我說，我回頭對她笑一笑，然後回去找法恩。

「小絲，我會去查證。如果是真的，那天會是好日子。只怕……」

法恩又開始語帶保留。

「只怕，老師有所埋伏？」

我想也是，老師是個思慮周詳的人，怎麼可能放一天的空檔出來。

「但是，那是少數的突破點了。」

法恩看著日曆，我們還有半個月。

半個月，我們並不知道我們能幹什麼，我連我們各自戰鬥的目的都不知道是爲了什麼。

這天夜裡，用完餐，客人很少，只剩下了我們和曉琪夫妻，以及孩子們窩在圍爐旁。

三個大男生都若有所思，突然間，法恩開口了。

「總覺得，今晚的氣氛，很適合說故事。就讓我們三個，各自說自己的故事吧！」

法恩說完笑了笑，隨手將一根木材丟進火爐裡。

我沒有開口應答，孩子們聽到有故事聽，很開心的去把各自珍藏的糖果餅乾拿出來，只可惜，這可能不是什麼快樂的故事。我輕輕的啜飲了一口茶，等待第一個人開口。

阿庫抿了抿嘴，像是在找方法開始故事，然後他終於開口了。

十八年前，魔王並不像現在這樣的盛行，教會仍然存在，而神聖騎士依舊是人們敬畏而嚮往的。但是在某個南方小村莊中，所謂神聖騎士不過是幾個大叔而已，他們依舊得自己種田養畜，根本跟一般大叔沒兩樣。但是不得不說，穿上騎士裝之後，那英姿總會多了幾分，彷彿真的得到了神的力量一樣，那銀色的光芒在陽光下閃耀著，總是耀眼得讓人無法直視。

他們在某天的禱告中，在神明大人的腳邊，發現了一個孩子。那孩子身體非常的差，像是已經餓了很久，生命垂危。大叔們手忙腳亂又徹夜禱告守護了三天，孩子的身體才平穩下來，但是這個孩子依舊身體衰弱。

大叔們相當的疼他，除了平時的學術涵養和武術指導，沒有和孩子講過繼承神聖騎士或是信仰之類的事情；而孩子因為常常低血糖的關係，身邊總是有大叔們親手做的甜食。

慢慢的，那孩子十五歲了，體力和武術都已經超過了一般人，但是依舊有著低血糖的毛病；而大叔們每天總是不厭其煩的為了他禱告著。孩子並不懂那個愛，只是享受著大叔們的疼愛。

「老爹，你們好像總沒有讓我繼承神聖騎士的意思呢！」

孩子一邊幫忙採著農作一邊問著老爹們。

「我們覺得，所謂神聖騎士，是一個人心甘情願將自己奉獻給神，才有資格成為神聖騎士。我們逼著你，然後反而讓你墮落，這並非神之所願。」

領頭的撒姆大叔，這樣跟孩子說著。

「我們這些老頭能做的，只是讓你能夠瞭解，什麼是真正的愛。」

擔任記錄官的雷歐大叔接著說道。

而其他的大叔則是溫和而平靜的繼續工作著；對孩子來說，大叔早就已經是他心目中的神，一個由衷的嚮往。他不知道所謂是非對錯，他只是想要變成大叔們這樣溫柔可靠的人而已。

只是，隨著魔王越來越興起，大叔們被召集出征的次數也越來越多，而受的傷也越來越重。

直到有一天，前幾個月去征討智恭魔王的大叔們回來了，但是已經是破碎的屍體，甚至已經不能稱得上是屍體。大家害怕著魔王軍，沒有人願意幫大叔們舉行葬禮，孩子只能自己去挖，在大雨裡親手挖著大叔們的墳墓，並且做了他人生裡第一次禱告，只是希望所謂的神，可以好好對待大叔們。他徘徊在每個大叔的房間，他發現了撒姆老爹房裡，放著一套輕鎧和一把劍，裡面塞著雷歐大叔的字條。

「庫拉姆，我想你發現這封信的時候，我們已經戰死沙場了。這是我們全部人幫你打造的裝備，我們從未希望你會想要當神聖騎士，但是我們希望你能瞭解正道之行。男孩子，別哭，永遠要挺直腰桿。我們準備了一些旅費和裝備，希望你能出發去看看這個世界，去瞭解自己。」

輕鎧裡，有著一小袋的金幣，那不知道是大叔們存了多少年的錢才有這麼一筆。最底下是一大袋他最愛的硬糖，他輕輕的拿起一顆，含到了嘴裡。

「老爹，糖好酸。這樣太酸了啦！」

孩子在大雨中，一邊流淚一邊發誓，他這輩子，要將魔王除盡。他開始厭惡人類，他再也沒有笑容，每天就是到處殺害以及搜刮盜賊和魔王的財寶，直到他遇見了一個只會打架的笨蛋。

阿庫說完，長長的嘆了一口氣，又喝了一口熱可可。原本幾個很怕他的小孩開始粘著他東問西問，阿庫一邊笑一邊編故事嚇唬那些孩子。

他的嘴裡依舊咕嚕咕嚕的轉著一顆硬糖。

然後，普拉也跟著開口了。

聽說，我是在戰場上的荒野中被發現的，但是我毫無記憶。從六歲起，我的記憶只有練武、狩獵和被師父扁。師父很少教導我什麼，我只知道，我想變得更強，總有一天，要讓那個臭老頭輸在我的手下。

老頭不管什麼時候，都有人向他挑戰，我卻從未見他輸過。老頭似乎沒有妻小，自年輕時就開始著到處流浪的日子。我曾經如此嚮往著跟他一樣，相信老頭在老了之後，讓我繼續繼承他的不敗傳說，以及他的劍；而我將會在他的指導下，繼續追求不敗。

不過臭老頭，常常跟我說「武者的生命，只存活於戰鬥之中」。我明白這道理，也將其奉如圭臬。十二歲那年，我第一次正式對老師提出生死決鬥，我不知道我為何這樣做，或許那是一種瘋狂、一種感染。我只想要一次真真切切的決鬥，無論是誰輸誰贏。

十二歲那年，我出師了。我殺了我師父，就如我師父殺了他師父一樣，我們如此傳承著。我開始流浪，就像我師父那樣，只追求一個，能夠打倒自己的人。

然後我遇到一個莫名其妙的騎士，我和他只相望一眼就打起來。最後他居然跟我說，他低血糖了，不想打了。我突然感到一陣空虛，追求最強，難道就要生死相搏嗎？我不瞭解，我開始跟著騎士旅行，我想去跟他口中的智恭打一架，我想知道，他跟老師比，誰比較強？我想知道，我還能變得多強。

普拉講完對著我笑了一下，普拉是個純真的人，但是單純的殘酷有時卻更加可怕。突然覺得「極致武學」這個名字再也貼切不過，在普拉心中，世界變得如何他並不關心，也沒有什麼深仇大恨，他只是想追求最強。

普拉身邊有一個小小孩，邊哭邊打著普拉，說普拉是壞人。普拉只得苦笑，我明白他心中無法說明的心情。孩子被曉雲姐安撫下來，在她懷裡抽泣著。

法恩沉默很久，他還沒突破自己的心防，從上次的事情就能知道，那是他最痛的回憶。他也是我們小隊裡，心防最重的一個人。

突然間，他打破沉默了。

我的出身很簡單，我的父母是商人。從小時候，家境算是稍稍的有點盈餘，讓我可以悠哉的研究學問，而父母總是忙著工作，我就自己默默的研究著魔法。

十五歲那年，我城市裡的城主，突然間宣佈他成為魔王，將城中所有有錢人的財產搜刮走，父母也因此在牢中失意死去。

當時的我，還沒有復仇的想法，就連該如何繼續活下去都不知道；而研究白魔法的我，被魔王當成沒用的傢伙放逐他鄉。

以前只會研究學問的我，根本不懂如何營生，在到處碰壁之下，四處流浪，終於在某個小城市中，找到了一份教師的工作；雖然錢不多，但是我可以繼續做研究。那段時間，我很開心有孩子們陪著我，讓我忘記很多痛苦，那是我最快樂的幾年。

直到有一天，城市被襲擊了，那是屠殺。他們根本不分大人小孩，屍體不斷的堆疊著。我死命的帶著我身邊的孩子們到處跑，死命的跑，當然最後還是被找到了。我用身體擋著孩子們，想保護他們，孩子們害怕的呼喊聲好像還在耳邊，到現在彷彿都還不斷呼喊著。

那些王八蛋，打斷了我的四肢，然後在我面前，用盡各種方法凌虐孩子們，各種方法。到現在我都無法忘記孩子們絕望的眼神、恐懼的神情、拼命向我求救的聲音。一個又一個孩子，逐漸死在我面前，整整持續了三天，我沒辦法做任何事情。

我在那三天裡，詛咒了所有一切，我恨著魔王們，我恨著所有一切。村莊裡沒有任何人活著，我只能忍著痛用白魔法將自己一點一點治療好，然後用身體爬行咬著樹皮吃，逐漸的治療好自己。五天後，我才有辦法起來將村子所有人埋葬。

此後，我開始研究各種攻擊魔法，各種攻擊方針；我終於瞭解，唯有力量能夠保護自己重要的東西，而其他的都是空談。

我開始旅行，我開始讓各地所有魔王，瞭解我所受過的痛苦；我每天夜裡被惡夢驚醒的恨、孩子們的痛苦，我要他們全部照單全收。

然後在某次魔王討伐中，遇見了兩個超級大笨蛋，因為合作感覺不錯的關係，我們開始結伴旅行，故事就到這裡。

在法恩身邊的孩子們輕輕的抱著法恩，而其他人默默不語。我稍微有點瞭解爲何在那場蛇妖戰鬥中，法恩會如此的失控，那根本是當年事件的重演。

雖然，我不覺得將彼此故事分享出來就會加深什麼感情、牽絆之類的，但是這對各自有著心傷的狂走狼小隊來說，至少可以不要誤觸其他人的心傷什麼的。

而狂走狼小隊，根本是精神問題小隊啊！隊長法恩，親眼目睹自己學生被虐殺，所以黑化；副隊長阿庫，養父被魔王軍變成屍塊送了回去，從此以後對人類失去信心；劍士普拉，從小的教育沒有什麼道德義務觀念，甚至還親自手刃自己老師，作爲畢業的傳承標準；而我，老師本身就是一個大魔王，而我也沒有什麼太穩固的道德觀念。這樣的勇者團，沒問題嗎？我忍不住問著自己。

慢慢的夜深了，孩子們終於睡著。普拉拉著阿庫要去吃宵夜，法恩忙著抱孩子們去睡。

「說起來，曉琪。你們的店，好像從來沒有被魔王軍找過麻煩耶！真神奇。」

我突然想起這事情，規模如此龐大的店，我沒看過半次魔王軍出沒過。

「喔！這是祕密哦！我們的店，魔王軍就各種意義而言，都不會來。」

曉琪笑了笑。「除非他們活膩了。」

然後拉下臉來。

曉琪和曉雲以前絕對不是省油的燈，絕對。

曉琪每次認真起來的表情，都讓我打從心裡發寒。

「對了，我總忘記要問妳一個問題。」

普拉如此對我說著。

「你們每次唸那些魔法的那些詞，聽內容好像都是跟神啊魔啊借力量，到底是什麼原理啊！」

普拉很直接的問了出口，我正思考著要怎麼簡單而易懂的講給他聽。

「那些稱爲祝禱詞，但是其實如果你有注意到，並非每個魔法都要那一串詞。要祝禱詞的稱之爲請求系魔法，魔法分爲詛咒系、自然系、代價系、請求系、塑形系以及鑰匙系。」

我這樣跟他解釋。

「所以說，那是看用什麼魔法而定囉？」

普拉很快就懂了。

「一般來說，簡單的元素系魔法，都是能夠省略的。要看魔法師個人的能力而言。」

我一邊講隨手晃起了一把火。

「但是有些魔法，是一種請求或是條件交換。龍魔法系就需要條件交換，因爲大陸上已經沒有龍了，要召換需要媒介和代價。而我常用的滅空破，是向魔神阿拉絲特請求力量，但是依照每個人的靈魂不同，並非你詠唱出來，就會得到回應。最基礎普遍的是燃原，因爲它只是借出了一些地獄之火。」

我說到這裡喝了一口茶。

「所以之前那個書記，用那個黑色的火，也是她向特定的神或是魔請求力量囉？」

普拉這樣問著。

「她是跟黑炎神伊卡特請求力量的，而我跟老師的流派，是跟魔神阿拉絲特請求力量。當然我也能跟龍神阿爾薩斯請求力量，不過目前的龍魔法代價太高了，需要消耗龍魔力結晶才能使用。」

我看著普拉解釋著。

「那我不懂，妳和智恭都是用同一種魔法，跟同一個神請求力量，那不就都一樣強？」

普拉的問題很基本，以前我也問過。

「記得我們跟馬克羅斯打嗎？他從頭到尾都只有揮揮手而已，就把我們打得落花流水。雖然咒文一樣，請求的對象一樣，因爲自己魔力和承受力的不同，威力也會有所不同。如果每個人都一樣，今天可能就不是這個局面了。像馬克羅斯可能就不用請求，因爲他的力量，可能已經可以跟所謂的神明並駕齊驅了。」

說完我自己笑了出來。

普拉聽著聽著眼神已經開始睏了，我想所謂鑰匙理論和魔法塑形，這些以前老師講過的理論，還是放回嘴裡吧！普拉不用懂那麼多的。我催促他去睡覺，準備迎接另一天。

我回到房間開始思考所有事情，如何才能打倒老師，如何能從防守的弱點無聲潛入。

大戰前夕，我無法消除各種不安，終於天亮了。

9 城前之戰

不過還有另一件事情要解決，某個跟了很久的煩人傢伙。我無法理解他的意圖或是目的，每次到了村莊就會看到他，到底他是怎麼知道我們動向的？

我們走向了村莊外頭，他老實的出現在我們面前。

「我先自我介紹，我叫某月。我對你們並沒有企圖，至少沒有殺意。」

一個瘦長身形的男人，戴著奇異的面具，看起來讓人感覺很討厭。

「你是來找我的吧！因爲我繼承了那個臭老頭的名號。」

普拉走了出來，對著某月說道。

「是的，我想挑戰你。在你們去面臨死亡之戰前，我想做這個過份的要求。」

某月很有禮貌的說著，這是個正式的決鬥請求。

「要現在開始嗎？」普拉不囉嗦，已經開始想打了。我不知道在最後的行動前夕，搞這種事情到底行不行，但是我想我一定說不過這些任性的傢伙。

「真受不了你們這些男人，快點打完啦！還有十幾天就要開始任務了。」

我搔著頭，對著他們說。

「沒關係，小絲。如果普拉真的怎麼樣了，我就讓那傢伙變成無意識的死人劍客。」

法恩帶著沒有笑意的笑容說著。他很認真，我真的覺得他一點都沒開玩笑。阿庫在一旁也緊緊握著刀，看來普拉真的怎麼樣，某月也不會好過。

兩人在平原站定了位置，離了大約三公尺。某月衝了過去，看起來似乎想刺擊，在普拉準備閃身之際，突然間他揮刀了，普拉在最後一霎那才擋住。

普拉腳站穩之後，霸道的往前從下往上揮了一刀，某月退開了，只劃到一點點。普拉又衝進了他的懷裡給了他一記橫劈，某月的刀很巧妙的擋了下來。普拉很快的拉開了距離，但是某月也開始準備揮刀了。

「雷鳴！」某月揮出了魔法劍氣，這一記普拉只能硬吃下來。某月居然在普拉橫劈的時候就開始蓄力了，普拉並不會任何魔法，我不懂他要怎麼應對。

普拉被雷系魔法擊中，看得出來有些麻痺。普拉甩了甩手，好像想把麻痺的感覺甩掉，看起來好像沒有什麼大礙，難不成他早就習慣了。普拉甩完手之後，很淡定的擺好架勢，並非傳統的將刀穩穩握好在面前，而是側握放在腳邊，攻擊方位都被看穿了，到底他要做什麼？

普拉用極快的速度，衝到了某月的身邊，他用劍柄敲開了某月的劍，然後用連續六回斬追擊著飛出去的某月，但是某月的手依舊抓著劍沒有放開。

某月絕對受了不小的傷，但是他依舊站定了下來。他的盔甲幾乎都是傷痕，但是他們在笑，他們很開心的在笑。我能夠理解他們那種感受，他們現在已經什麼都不想管了。

普拉再度向某月衝了過去，但是這次某月硬抓住了普拉的手。另一隻手，砍到了普拉的肩膀，他將普拉踹了出去，他在刀上蓄積的大量的魔法。這招普拉如果吃不下來，那麼就真的結束了。

「雷神刀鳴！」一陣雷電魔法衝了過去，還帶著刀鋒的銳利。普拉被這陣魔法打飛，已經倒地，我想衝過去卻被法恩攔了下來。

「比起老頭，你這招根本不算什麼。不敗神話，可不是這樣就能打倒的！」

普拉一邊衝向某月一邊怒喊著。某月倉促的橫劈，卻發現普拉已經消失，他急忙望向天空。但是猜錯了，普拉用幾乎貼地的姿勢閃了過去，用衝刺的速度再度施展一個霸氣的踏擊上斬。

結束了，某月倒在地上，大量出血。法恩和阿庫急忙醫治他，送兩人回到旅館。

男人，都是笨蛋，但是他們是令人佩服的笨蛋。

某月在隔天就消失了，不知去向。而小鬼們輪流的照顧著普拉，被小女僕們包圍的普拉顯得很幸福。

希望普拉能快點好起來，畢竟時間快到了，而某月當天也跟我們保證，他會助一臂之力。到底他那個重傷是要怎麼助一臂之力啊？別來拖後腿啊！

老師的魔王城，不同於以往的那些三流貨，從防守就很嚴謹，換班輪值，一樣沒少，更別提老師也是個實力超群的人，時間越接近我越緊張。

終於在不知不覺間，到了要行動的晚上，雪依舊飄著，但是對我們來說，恰到好處。這樣的天氣會讓警戒變得鬆弛，而且也隱藏了我們的腳步聲和身影。我們在半夜三點慢慢接近人力最薄弱的魔王城外的哨站。

「好冷啊！爲什麼大家都放假的日子，我還得在這站崗呢？」

士兵正躲在哨屋裡頭發抖。普拉很迅速的解決了他，我們快速的將他拖到雪裡掩埋。

我們披著白色的外衣快速的移動到了牆外，法恩在牆外非常仔細的研究著有沒有任何魔法的陷阱。我們望著高大的城牆，越靠近就越有壓迫感，而一陣非常狂暴的魔力壓迫而來，像是被人盯著一樣，感覺相當不舒服。

「這裡有探測魔法，我需要一點時間來作假。」

法恩對著我們輕聲說，我們則注意著遠方探測高塔的動向。過了一會之後，法恩對我們表示處理完畢，阿庫很快速的在牆上砍出需要的洞來。不得不說阿庫的刀法精湛，我們進入之後，再把牆放回去，連裂縫都看不到。

我們望著魔王城裡頭，那個氣勢，跟之前完全不一樣，外頭是紀律嚴明的軍營，而魔王城更是壓迫感十足，漆黑且毫無裝飾，但是戰略功能十足。

「大家準備好了嗎？」

我詢問著大家。一旦我開砲下去，我們就沒有回頭路了。

「哪有什麼問題？我現在快樂到手都在發抖了。」阿庫說著。

「你明明是嚇到手都在抖。」普拉笑著拍他的手。

「那麼，小絲，開始吧！」

法恩這樣跟我說著。之前我們商議了很久，我們的結論是，我們不可能安靜無聲的進入到老師那邊，但是如果打到一半才遇到增援，我們會更辛苦，不如一開始就把士兵們能清除多少算多少。

「比黑夜更深的怨恨，比太陽更火紅的憤怒。我以遠古的魔神阿拉絲特之名，予以神罰。滅空破！」我將魔法對著軍營丟下去。

外面的軍營全毀，而魔王城裡頭的的士兵很迅速的衝了出來，果然是老師訓練出來的士兵。我和法恩瘋狂的開使用魔法掩護普拉和阿庫進攻。

士兵們的進攻毫不含糊，我們一秒都不能分神，但是我們也再也不用客氣，魔王城被我和法恩到處炸得七零八落。此時也該是有些有頭有臉的人出來了。

「你們是第一團，能打到這裡的勇者團，我在此表示我的佩服。」

走廊的深處，慢慢走出一個黑袍魔法師，他才走到一半，裂空斬毫不猶豫的就丟了過來。

法恩使出了防護陣擋了下來，但是他的攻擊一點都沒有猶豫，毫不留情。普拉和阿庫在後方抵擋著士兵的湧入，有沒有那麼乾脆，連名字都不用報，我感覺到山一般高的殺意。

「小絲，我擋不了多久，想個招數對付他。」

法恩擋得有點吃力。我走到法恩旁邊，稍微蹲低了下來。

「冰之吹襲！」我開始連續放著冰之吹襲，直接用魔力開始壓制，沒多久，他開始無力了，直接被凍成冰塊。

我們繼續往前突破，我們並不知道魔王城內部的配置，所以從進入魔王城之後，每一步都是風險。

突然間，旁邊的牆撞出一個壯漢，我和法恩被撞飛到牆上，那真的痛到說不出話來。普拉很快的擋在他面前，阿庫已經開始不行了，必須讓他喘口氣才行。

壯漢一點也不在意的破壞著旁邊的房間以及建築物，我和法恩只得四處逃命，阿庫也是邊逃命邊補充著血糖。普拉一個人阻擋著他的攻擊，靠近的士兵全部都遭殃了，有夠亂來的人。普拉找到了空檔給了他大腿一刀，他痛得停下了腳步，製造出空檔的普拉很快的退了開來。

法恩在我之前衝了過去，給了他和士兵一發燄之吹襲。我們繼續向前逃避追兵，後方卻出現了一個熟悉的面具開始趕上我們。

「從現在起，這裡禁止通行。」

某月戴著面具背對著我們，對士兵說道。我們沒有回頭的繼續往前跑，我們一旦停留了，只是辜負某月的心意而已。現在最重要的是，打倒老師。

看來老師召集了各種人才，突然間一群劍客擋在我們面前。雖然技巧各方面還不如普拉以及阿庫，但是數量上卻有著相當的優勢。我們在閃躲中慢慢的開始受傷。我們都明瞭這數量壓制的恐怖之處，雖然都不是什麼非常的強者，但是每一個只要能夠傷到我們一點就夠了。

「燄彈，極限連發！」

我開始瘋狂的發射燄彈，數量取勝不是他們的專利，我也有方法，沒多久劍客都被擊中了，畢竟他們實力不如法恩他們這麼扎實。說起來可能也沒有多少人會這樣當作隊友不存在的發射燄彈。

「小絲，妳憑良心說，妳剛剛有沒有想要殺了我們的企圖。」

法恩很認真問著我。

「沒有，剛剛是有毀滅世界的衝動。」

我也很認真的回答。

「那不都一樣嗎！不對，根本更糟！」

法恩一邊跑一邊對著我大罵。

「啊哈哈！結果成功就好了啦！」

我一邊裝傻笑著。

「差點就掛了啊！」

我身後三個男人對著我大罵著。

我一邊裝死一邊跑，突然間有不祥的預感。

走廊的牆上開始出現一個個圓形的洞，千萬不要是我想的東西。

「快跑！」

我們開始死命狂奔，我們的後方不斷劃過可以把我們定在牆上的鋼製槍。老師當真這麼想殺了我們嗎？

突然間，前面沒路了，這該不會又是一個經典陷阱吧！我望著上面的天花板，突然間後方的路也被擋住了，法恩和其他人望著我。

「不會吧！」法恩無奈的說。

「我也不想。」

阿庫一邊說一邊咬著巧克力。

「不行，這些牆，我的劍砍不下去。」

阿庫對著牆砍了幾刀，我們四個苦著臉相望。

「你們最近智力都降三等喔！魔法是不會拿出來用？」

普拉很冷靜的吐槽我們，突然覺得自己最近真的變笨了。我和法恩不斷想在手上凝聚魔力，卻怎樣都凝聚不起來，法恩看了一眼地板。

「地板畫著魔力反動陣，魔法無效化。這下完了。」

法恩看著地板的圖形嘆氣。

「那這樣呢？」

普拉在圖形的某處砍了一個洞，陣法被破壞了，我和法恩趕緊在牆上打出一個洞來。

「爲什麼這次普拉會聰明成這樣？」

法恩很不解的問。

「是你們每次戰鬥，智力就先降三成。」

普拉一邊啃著不知道哪來的蘋果一邊說著，他說的好像也沒錯。

我們繼續前進著，這裡一片黑暗，四周瀰漫著會有什麼東西出來的氣氛。

「我說，法恩，你不覺得好像有什麼會衝出來的感覺？」我問著法恩。

「妳說什麼會衝出來，什麼是什麼？」他反問著我。

「就是什麼啊！」

我抱著他的手臂慢慢的向前走著。阿庫在我後面盯著我很久，然後對我說了一句。

「小絲，妳怕鬼喔?說不定等一下會有鬼出現喔！」

阿庫說的時候還帶著賤笑。

「不要說了啦！」

我很緊張的拍了他的背，阿庫被我一拍，倒在地上。

「阿庫，你這個白痴。不要刺激正在害怕的女孩子，女孩子這時候打人都很痛的。」

普拉一邊把阿庫扶起來一邊說。

「我居然被普拉說白痴了！」

阿庫看起來超不甘願的。

「我不想講，但是的確有東西。」

法恩說著，並且停下了腳步。

黑暗而空曠的走廊，的確有著某種氣息存在，但是我們無法知道那是什麼。

「小絲，妳覺得，妳的老師會放什麼東西在這裡，才會讓他願意清空整層樓，還放一堆陷阱防止敵人逃出去？」

在黑暗中我都能看到法恩那臭到不行的臉。

「一定是連他自己都覺得跑出去很危險的東西。」

我很不願意說，但是依照老師的個性，一定是這樣。突然間，阿庫回頭擋下某種東西，我們聽見某種生物逃離的腳步聲。我們看不見他，我想要點起光明術，但是這個空間好像會吸收所有的光線。我們掉入了某個生物的獵食區了了嗎？四周的黑暗讓我們只能各自保護，我估計他會開始不斷的將我們打散。

黑暗開始讓我們漸漸分散，大家開始散開了。黑夜裡，我們凌亂的腳步聲中散落著一個相當快速而輕盈的腳步聲。我勉強的擋下了一刀，開始向四周散射火球，並且希望沒有擊中隊友。

火球只能帶給我一點點距離的火光，我看見了那張臉，那是個士兵，有著空洞眼神的士兵，他是殺人機器，一個失去控制的殺人機器。普拉慣於黑夜戰鬥，阿庫有足夠的戰鬥直覺，而法恩總有一肚子的方法可用，現在最好下手的將會是我。

沒多久，我聽見一個陌生的喊叫，我估計是法恩的某種陷阱生效了。空氣中飄出一點點血的味道，接著傳來一個熟悉的攻擊節奏，聽來像是普拉的，在野外長大多年的他，黑夜襲擊根本不算什麼。

但是聽起來對方又藏匿了起來，我必須快點找到方法，一個可以有效攻擊到他的方法。我不能冒險喊叫，那會使我更快暴露位置。

這樣的配置的確很有傷害力，對於已經被軍團追殺完又好不容易逃出陷阱的壓力，這樣的黑暗很容易讓人崩潰，尤其如果一路上不斷聽到隊友的慘叫，再強的的人到這裡也多少會面臨幾乎崩潰的恐懼感。更別提在這之後，還有未知的路，以及我的老師，精神滿滿的等著。

若不是已經習慣戰鬥壓力的普拉在後方支撐著，我們早就亂了腳步。老師做過軍人，他太清楚如何讓人崩潰，而且還丟了一個被訓練成殺人機器的瘋子在這裡，他每次進攻都是瞄準要害，他沒有任何準則，他隨時可能又再度消失，然後又開始攻擊你，只要一鬆懈，就是死亡的到來。

我感覺到旁邊依稀有熟悉的氣息，如果是這樣，或許可行。

我開始在原地大笑，不斷的大笑，他果然上鉤了

「但是，只有一個人的你，又能怎樣呢？」

在他的武器只離我三公分的時候，被阿庫以及普拉從兩個方向刺穿了心臟。

「安息吧！任務結束了。」

我抱著他的頭說著。普拉和阿庫在我身旁，他們總是能找到我，而法恩聽到事情結束了才解除他那堆陷阱慢慢晃過來。

我們一陣摸索後，脫離了那一層樓，把那孩子留在孤單的黑暗中。

「你們怎麼找到我的？」

我對著阿庫和法恩問。

「這不難啊！這邊只有妳會發出女孩子香香的味道。」

普拉說著，阿庫默默的臉紅了起來。

「你們是狗啊！還以為你們那麼厲害，這樣還能找到我。」

我無奈的嘆氣，快到頂樓了，我們依舊開著不正經的玩笑。

剛才會如此順利，是因為我感覺到普拉他們壓著氣息靠到我附近的時候就知道，他們要故意引誘那傢伙攻擊我，於是我開始放膽大笑，希望能壓過普拉和阿庫的聲音，果然那傢伙沒有多餘思想考慮我們的陷阱，一腳就踩了進來。

解決了這場戰鬥後，我們又繼續的往未知的地方進去。

10 決戰

我能感覺老師那股強大而邪惡的魔力，光是那股魔力就足夠壓死人了。一群傷痕累累且疲憊不堪的勇者對上精神滿滿的魔王，這下可好……

我們走入了那只有微微燭火的大房間，老師看起來老了不少，坐在座位上，撐著頭，打量著我們。他不急，對他而言沒什麼好驚慌的。

「我很意外你們那麼快且那麼精準。你們比較像軍人，不像勇者。」

老師笑著跟我們說。

「老師，我們約好的。我來赴約了。」

我對著老師說。

「但是小絲，我不覺得我哪裡做錯了。只要一點點的犧牲，這個世界就會在我的管理下，逐漸的變好。妳現在終止了，只會也發更多的內亂和戰爭。你們不過是頂著正義名號的劊子手，我不過在制裁滅了我族人的罪人罷了。」

老師攤了開手，笑著跟我說。

「不，這是詭辯，這種手段不是唯一途徑。老師想強行改變世界，那麼犧牲的人呢？對他們來說，你不過做著相同的事情。就算老師當真成功了，也不過是一時的和平，老師能活幾年？一百年？兩百年？能保證都不會變質？老師，你錯了……」

我反駁著。

法恩和其他人並沒有插嘴，他們現在緊張無比，他們最重要的一戰都在這裡了，包括我的。

已經講得很清楚了，我們也休息夠了。法恩手上集好很久的爆裂術飛了過去，一陣爆炸的煙霧，普拉和阿庫很快速的刺向了王位，然後退了開來。

「比黑夜更深的怨恨，比太陽更火紅的憤怒。我以遠古的魔神阿拉絲特之名，予以神罰。滅空破！」

我們配合的相當好，接續上幾乎沒有漏洞。

「有點失望啊！你們連讓我離座都做不到。」

老師依舊坐在座位上，穩穩的。別說其他人，我自己都有點無力，剛剛的戰術應該已經完美無缺，但是連讓老師起身都辦不到。

老師懶懶的抬起了一隻手，只有一顆小小的魔法球。我和法恩使出了大聖光絕護陣。沒有用，我們被重重的打上了牆，這比被龍尾甩飛到牆上還痛。

「可惡，神的悲愴啊！魔的意志啊！請讓我擁有風魔薩爾法絲的力量吧！我願做祢永遠的奴隸。滅空斬！」

法恩用盡全力衝向王位，在老師面前使出雙手同放。王位被法恩打碎，整個裂開，老師終於站了起來。

但是法恩立刻被老師一拳打飛，法恩飛到了牆上，我觀察了一下，還有一點點呼吸，法恩沒事。

普拉不知道什麼時候，出現在老師的身旁。

「迴天流！無盡龍滅！」

普拉用幾乎看不見的速度做了一次上下劈砍的動作，出現兩道沖擊波攻擊老師，老師用雙手擋了下來，老師的手甲被普拉整個打破，整個人滑退了好幾步。普拉已經無力了，虛弱的喘著，又被老師打中肚子，然後踹飛到牆上。

「很可怕的威力，但是不該把體力都賭在一招上。」

老師很悠閒的說著。

阿庫衝了出去，很快的手貼到了老師的眼睛。

「聖光術！」

老師被他壓到了地上，阿庫的刀很快的刺向老師，但是被老師踹飛。

「很可怕的速度和戰鬥直覺，但是太多多餘動作。」

老師還是站在原地，一邊摸著被強光襲擊的眼睛。突然一股無可壓抑的憤怒，從來未有的憤怒湧上我的心頭，同伴們這樣的被傷害，我無法原諒老師，隨手拿了一把寶石。

「偉大的龍神，阿爾薩斯，請祢感受我的哀傷、我的悲痛、我的意志，請傾聽我的呼喚、我的詛咒、我的怨恨，請給我力量，好讓我能夠毀滅一切。龍愴！」

寶石化成前所未有強大的一道沖擊波，衝向了老師，我無力的癱坐地上，偏掉了，只有滑過老師的腹側，雖然只有打中一小角，但是那是個令人滿意的傷。

我們反抗世界的結果，是絕望。已經沒有任何力量了，阿爾借給我的龍神之力卻被我搞砸了，我不斷流著悔恨的淚水，老師像個機器不斷的靠近普拉。

「不……不……」

我連求饒的聲音都喊不出來，腦子一片混亂，充滿驚慌以及害怕。老師依舊面無表情的看著普拉，我看著那把我熟悉的魔杖刀，逐漸的抬起。

「手舉那麼高幹什麼？你忘記我了嗎？」

某月突然出現在老師的背後，雙手架住了老師。

「你是誰？爲什麼……」

老師很驚慌的說著。

「你果然忘記我了。小時候我跟著父親到某個城市行商，結果遇到你老人家抓狂。我老頭哀求你，放過我們，我們只是路過的商人，你半句也沒聽，躲在稻草堆的我，逃過一劫。這下，我們該來算算了。」

某月帶著某種異樣的笑容說著，那彷彿是，看開了所有一切。某月身上的傷，比我們在場每個人都重。

「你這種傷勢，又能如何？」

老師反問著某月。大家都屏息著，都努力的想再次攻擊老師。

「你說呢？有種魔法在這種狀況下，是最有攻擊力的。」

某月的眼神越來越可怕。老師被他緊緊的架住，普拉跟他眼神交會之後，很快的抓起了我，和阿庫以及法恩往外頭衝去。

「普拉，放開我，某月還在裡面。」我掙扎著。

「小絲，沒用的，某月要用命火壞破。」

法恩在後頭對著我說。命火壞破，使用生命之力，對周圍使出最大破壞，怨恨越深，這個魔法將會越有效。

「某月，不要！回來！我們下次再來就好了。」

我努力的想將某月喊回來。沒用的，其他人已經移動到一樓了。

「命火壞破！」

我聽見了某月堅決的一聲，從裡頭衝出火光以及破壞波，從頂樓將所有的東西粉碎，無法想像的破壞力如此蔓延著。

大家抱著我在魔王城外倒地掩護，法恩使出了大聖光絕護陣。整個魔王城都崩塌了，史上最強的魔王城，成爲了一片碎礫，我們幾乎半死的躺在地上。

「要去確認屍體嗎？法恩。」

阿庫問著。

「你是白痴嗎？這樣看過去，全部都是平的，怎麼可能有屍體？」

法恩很虛弱的踢了阿庫一腳。

我們搖搖晃晃的爬起身。地平線的那端，開始慢慢的冒出了光芒，然後看到了幾個很熟悉的身影，幾個比較大的孩子們帶著食物和醫療箱走了過來。

「你們怎麼來了？」

我無力的躺著問均容。

「曉琪姐說，看樣子你們也打完了，叫我們準備五人份的食物和醫療箱過來，先幫你們包紮，然後讓你們吃飽。」

均容很乖巧的跟我們說，只是現在只剩下了四個人。大家默默的沒說什麼話，其他的孩子很慌張的爲我們包紮著。

「小絲，接下來的日子，妳怎麼打算呢？」

法恩問著我。

「還用說，先在旅館養傷養個一兩個月，然後回老家。」

我回答著法恩，法恩和其他人的表情有點落寞，他們都早已沒有了故鄉。

「別那個表情，你們也要來，阿爾一定會想見到你們。這世界上還有很多魔王，別當作我們好像打完了。」

我對著他們說。他們展開了笑臉，是啊!旅行可不會這樣結束。

「不過，小絲，我有個畢生最誠心的請求。」

普拉很認真的握著我的手說。

「什……什麼?」

怎麼我開始結巴了起來。

「下次不要再打歪了。」

普拉依舊認真的對我說著，我給了他一腳。

後來，我們養傷的半個月內，有一半的魔王都乖乖當回領主，魔王戰線也就消失了，只剩下一些偏遠的三不管地帶，或是本來就是土匪頭子的魔王還在死撐。不過現在，還是讓我們專心養傷吧！其他的故事，日後有機會再告訴你們。

再見囉！

培育文化旗下作家與插畫家聯手打造——

奇幻作品即將陸續登場！

▶▶▶ WOLF KID

MAO
插畫／STARK

女孩是個長期家庭失和下的犧牲品，在某天父親發酒瘋的時候，把女孩綁在陰暗的森林深處準備活活餓死她，就在絕望的時候，出現了一群出來狩獵的狼群們，以為可以就此解脫的她，卻聽得懂狼群們的語言……

女孩的命運到底會是如何呢？

她能找到人與狼相互生存的平衡點嗎？

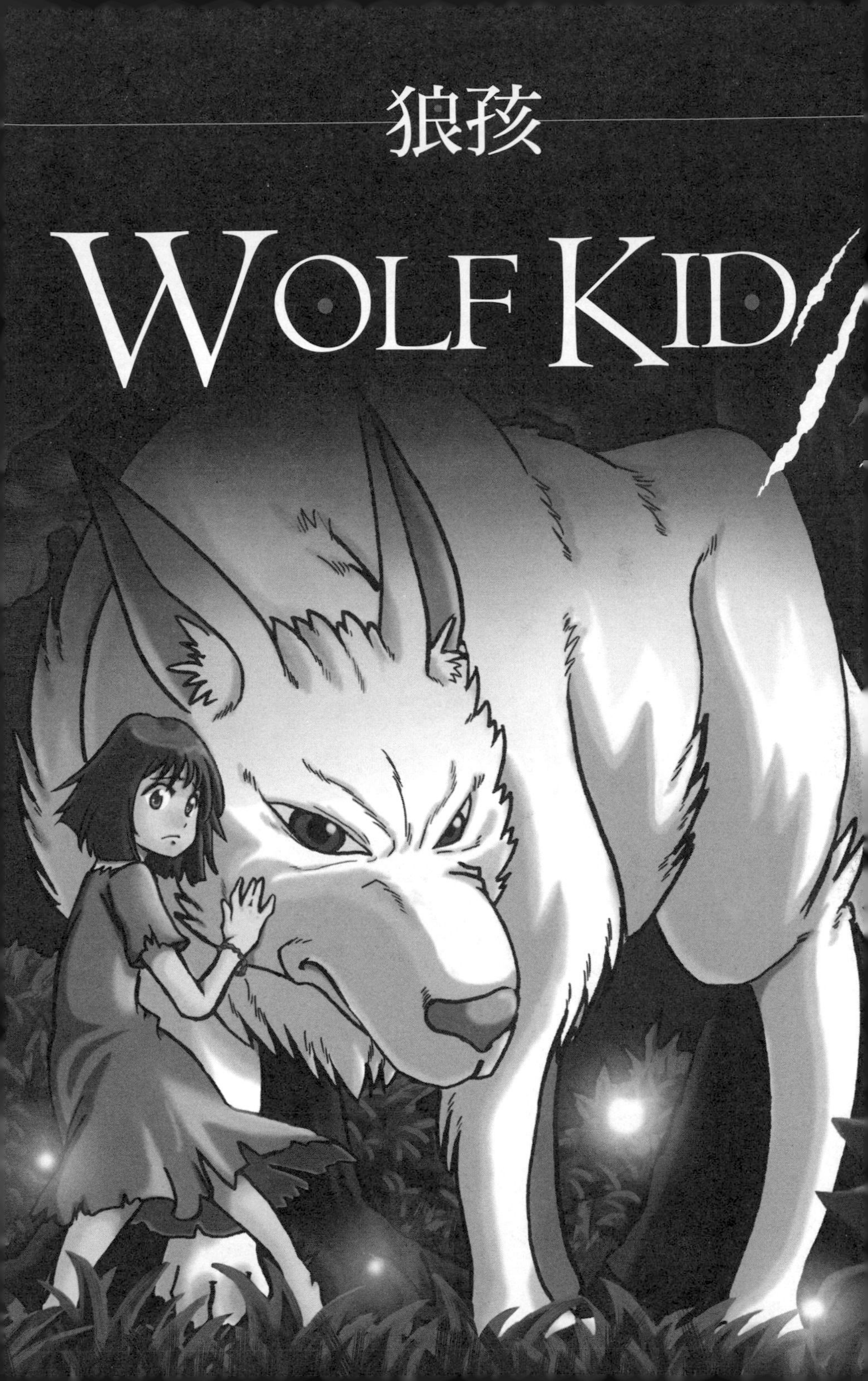
狼孩
WOLF KID

培育文化旗下作家與插畫家聯手打造——

奇幻作品即將陸續登場！

魔法の鏡、魔女、ラヴェンナ

周俊賢

插畫／STARK

隨著時間的經過、歲月的沖刷，

人類早已忘記了歷史的慘痛教訓，

貪婪好戰的人類又再度開啟了無情的戰爭之火，

一直到封印精靈王的鏡子現身在這場戰役之中……

這個年輕的女孩是人們口中的壞巫婆？

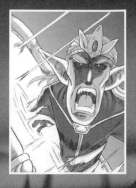

白雪公主裡的魔鏡到底是如何造成的？

魔鏡、女巫、拉維
魔法の鏡、魔女、ラヴェン

培育文化旗下作家與插畫家聯手打造——
奇幻作品即將陸續登場！

▶▶▶ 牲食少女

雪原雪
插畫／トリカワ

近未來因糧食危機，
世界上出現了一批培養肉供給人類食用。
阿誠在大學的實習時間擔任照顧培養肉的工作，
竟然發現培養肉小零擁有自己的意識……

這個可愛的女孩竟然是食物！？

傷痕累累的背後，到底有什麼扣人心弦的故事？

牲食少女
せいしょくしょうじょ

培育文化

奇幻魔法 04

勇者魔法師

作者　二十一
責任編輯　翁敏貴
美術編輯　劉逸芹
封面/插畫設計師　哭哭喵

出版者　培育文化事業有限公司
信箱　yungjiuh@ms.45.hinet.net
地址　新北市汐止區大同路三段一九四號九樓之一
電話　（02）8647-3663
傳真　（02）8674-3660
劃撥帳號　18669219
CVS代理　美璟文化有限公司
TEL／(02)27239968
FAX／(02)27239668

總經銷：永續圖書有限公司
永續圖書線上購物網
www.foreverbooks.com.tw

法律顧問　方圓法律事務所　涂成樞律師
出版日期　2013年5月

國家圖書館出版品預行編目資料

勇者魔法師 / 二十一著. -- 初版.
-- 新北市 : 培育文化, 民102.05
面 ; 　公分. -- (奇幻魔法 ; 4)
ISBN 978-986-5862-05-3(平裝)
857.7　　　　　102003888

版權所有，任何形式之翻印，均屬侵權行為

※為保障您的權益，每一項資料請務必確實填寫，謝謝！

姓名		性別	□男　□女
生日	年　月　日	年齡	
住宅地址	郵遞區號□□□		
行動電話		E-mail	

學歷

□國小　□國中　□高中、高職　□專科、大學以上　□其他＿＿＿＿

職業

□學生　□軍　□公　□教　□工　□商　□金融業
□資訊業　□服務業　□傳播業　□出版業　□自由業　□其他＿＿＿＿

謝謝您購買本書，也請您與我們一起分享讀完本書後的心得。

務必留下您的基本資料及電子信箱，使用我們準備的免郵回函寄回，我們每月將抽出一百名回函讀者，寄出精美禮物以及享有生日當月購書優惠！想知道更多更即時的消息，歡迎加入“永續圖書粉絲團”

您也可以使用以下傳真電話或是掃描圖檔寄回本公司電子信箱，謝謝！

傳真電話：（02）8647-3660　電子信箱：yungjiuh@ms45.hinet.net

●請針對下列各項目為本書打分數，由高至低5～1分。

	5	4	3	2	1		5	4	3	2	1
1.內容題材	□	□	□	□	□	2.編排設計	□	□	□	□	□
3.封面設計	□	□	□	□	□	4.文字品質	□	□	□	□	□
5.圖片品質	□	□	□	□	□	6.裝訂印刷	□	□	□	□	□

●您購買此書的地點及店名＿＿＿＿＿＿＿＿＿＿

●您為何會購買本書？

□被文案吸引　□喜歡封面設計　□親友推薦　□喜歡作者
□網站介紹　□其他＿＿＿＿＿＿＿＿

●您認為什麼因素會影響您購買書籍的慾望？

□價格，並且合理定價是＿＿＿＿　□內容文字有足夠吸引力
□作者的知名度　□是否為暢銷書籍　□封面設計、插、漫畫

●請寫下您對編輯部的期望及建議：

廣 告 回 信

基隆郵局登記證

基隆廣字第200132號

2 2 1 - 0 3

新北市汐止區大同路三段194號9樓之1

傳真電話：（02）8647-3660

E-mail：yungjiuh@ms45.hinet.net

培育

文化事業有限公司

讀者專用回函

勇者魔法師

培養文化育智心靈的好選擇